大唐狄公案

NEW JUDGE DEE MYSTERIES

红楼案

Robert van Gulik

THE RED PAVILION

〔荷兰〕高罗佩——著

张凌——译

上海译文出版社

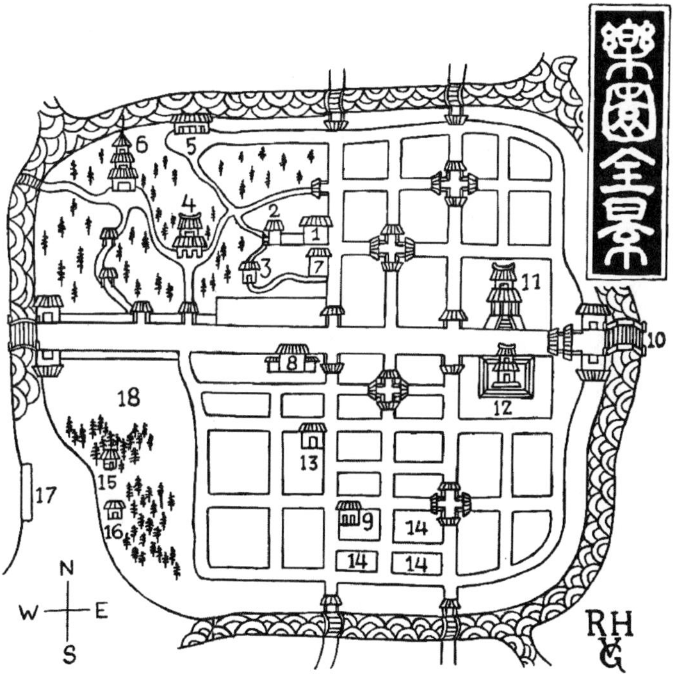

乐园全景

1. 永福客栈　2. 红楼　3. 花魁住处　4. 仙园饭庄　5. 浴房　6. 道观　7. 贾玉波住处
8. 大赌馆　9. 白鹤楼　10. 转魂桥　11. 财神庙　12. 冯宅　13. 温记古董铺
14. 歌妓住处　15. 凌姑娘住处　16. 阿蟹住处　17. 码头　18. 荒地

插 图 一 览

人 物 表

狄仁杰：江苏蒲阳县令，在此书中，途经邻县金华的风月场。

马　荣：狄公的亲信随从，与之同行。

骆贯中：金华县令。

秋　月：名妓，乐园花魁。

银　仙：二等歌伎。

贾玉波：书生。

李　廉：新科状元，被授予翰林修撰之职。

李纬经：李廉之父，曾任御史大夫，已致仕还家。

冯　岱：乐园里长，当地赌场与妓院之主。

冯玉环：冯岱之女。

陶盼德：当地饭馆酒肆之主。

陶　广：陶盼德之父，死于三十年前。

温　源：当地古董铺之主。

凌姑娘：盲妓，以教曲为生。

阿　蟹：冯岱手下的编外衙役。

阿　虾：冯岱手下的编外衙役。

一

“这位客官，眼看鬼节将至，每年夏季此时，小店最是忙得不可开交。着实对不住你老。”胖掌柜满口致歉，摆出一脸无奈的神情。

柜台前立着一位身材高大的美髯公，一身行旅打扮，穿件简素的褐袍，头戴一顶黑便帽，虽不见佩着官徽标记，却自有一派威仪气度，看去必是为官作宰之人——此类房客前来投宿时，多收他几两银子想也无妨。

美髯公面上掠过一丝怒意，揩揩额头的湿汗，对身旁的彪形大汉说道：“我竟忘了这中元节一事！看见道旁摆有祭坛，本该想到才是。且罢，这已是我们问过的第三家客栈了，不如打消此念，连夜上路赶赴金华县城去。不知几时方可抵达？”

大汉耸耸宽阔的肩膀，答道：“老爷，这可难说得很。我对金华县北边的地形很是生疏，夜间行走更为不易，还得涉过两三道水路。若是能顺利赶上渡船的话，大约午夜前后才可进城。”

就在这时，一个上了年纪的堂倌走过来剪烛花，与掌柜心领神会地对视一下，高声说道："就让这位客官住那红楼如何?"

掌柜摸摸浑圆的下颏，犹疑说道："倒是好个所在，方向朝西，即使炎炎夏日里也甚为凉爽。不过里面未曾好好通风过，且又……"

"但凡是空房，我就要了!"美髯公急忙说道，"今日一大早，我二人便出门上路，已走了整整一天。"又转头对那随从吩咐道："去把鞍袋拿来，再将两匹马交给马夫照料!"

"客官光临小店，不胜荣幸之至，"掌柜又说道，"不过须得知会你老一声，那……"

"多出几两银子不在话下!"美髯公断然说道，"拿簿册来!"

掌柜打开厚厚的登记簿，翻到注明"七月廿八"一页推将过去。那人提起笔来，在砚石上润了一润，写下一行醒目的字迹："狄仁杰，蒲阳县令，自京师长安返回任所。携一随从马荣。"正要将簿册推回时，眼光落到封皮上，只见上书"永福"两个大字。

"你老竟是邻县的县令老爷，如此贵客驾临，真是令小店蓬荜生辉!"掌柜谄媚说罢，目送二人的背影远去，却又喃喃自语道，“不妙不妙！这人可是出了名的好事之辈，但愿不会被他察觉……”说罢连连摇头，心中忐忑。

老堂倌引着狄公穿过门厅，前去中庭。只见左右两旁皆是高大的二层房舍，窗内灯火通明，传出阵阵说笑声。“所有客房都已住满，一间也没落下!”蓄着花白胡子的老堂倌口中咕哝一句，恭请狄公出了庭院后面的垂花门。

二人走入一座景致幽美的花园，四面高墙环绕，月光下但见花木葱茏，布局精巧，错落有致，鱼池波平如镜。狄公用衣袖拭去汗水，此处虽是户外，却依然酷热闷塞。右边的房舍中传出唱曲声与笑闹声，还有丝竹管弦之音响成一片。

“居然这么早就开场了。”狄公议论道。

“回老爷，在这乐园之中，唯有早上听不到歌舞声。”老堂倌得意地说道，“将近正午时，所有院内便已开张，之后有迟午饭与早晚饭，然后又是迟晚饭与早宵夜，还备有第二日的早膳，时时处处热闹熙攘，真个是活色生香哩!”

“但愿我住的地方听不见这些响动。今日在道上走了一天，颇觉疲累，明早还要继续赶路，只想早早歇息。那住处想必十分清静?”

“这个自然，老爷，着实清静得很！”老堂倌低声咕哝一句，快步朝前走去，引着狄公拐入一道幽暗的长廊，长廊尽头有一扇高高的大门。

老堂倌举起灯笼一照，只见门板上雕花精美繁复，并饰有昂贵的金漆。他一边抬手推开厚重的门扇，一边说道：“这红楼建在客栈后边，不但可以赏看园林景致，且又十分幽静。”

二人步入一间小小的前厅，只见两边各有一扇门。老堂倌掀起右边的门帘，引着狄公走进一间宽敞的大房，径直走到正中央，先点亮立在桌上的两盏银烛台，然后又将后墙上的门窗逐一推开。

狄公留意到室内有一股浓重的霉味，不过看去颇为舒适宜人。地中央摆着檀木雕花的一桌四椅，原色木面光滑匀净。右边靠墙处有一长榻，对面一张梳妆台，同为檀木所制，皆是上好的古董，壁上悬挂的花鸟卷轴亦为上品。后门出去是一道宽阔的游廊，顶上搭有竹架，大串的紫藤花垂落下来，将三面遮盖得密密匝匝，廊下植有一排茂密的灌木，前方是一片占地颇广的园林，树上高悬着花环为饰，用各色丝绸扎成，上面还有彩灯闪烁。更远处耸立着一幢二层房舍，半掩在绿树丛中，从那边隐隐飘来乐声，除此之外别无响动，果然十分清静。

“老爷请看，这间是花厅，卧房在另一边。”老堂倌恭敬说罢，又引着狄公返回前厅，取出一柄样式复杂的钥匙，打开左侧一扇厚门。

“为何要用如此复杂的门锁？”狄公问道，“室内还要上锁，可是难得一见。莫非你们怕有盗贼不成？”

老堂倌诡秘一笑：“回老爷，来这里的客人，大都喜欢……嗯嗯，不被外人搅扰。”说罢嘿嘿笑出声来，接着又道：“这锁曾被弄坏过，后来重又装上，如今从里外皆能打开。”

卧房亦是陈设华丽。左手边一张大床架，上方覆有帷幔，床前摆有桌椅，对面的墙角处则是面盆架与梳妆台，皆是雕花木制，并涂有鲜亮的朱漆。床帷由厚重的大红织锦制成，地上铺有细密的大红地毯。后墙处只开有一扇窗户，老堂倌推开窗上的遮板，透过铁栅，狄公再度望见了客栈后方的园林。

“此处之所以叫做红楼，想来就是因为卧房中一色朱红？”

“回老爷，正是如此。这红楼已有八十年之久，与客栈同时修建。小的这就派一名侍女送茶水来。不知老爷可否预备出去用饭？”

“倒是没有，在这里用晚饭即可。”

二人回到花厅内，只见马荣提着两只大鞍袋走入。老堂倌悄悄退下，毡底鞋踩在地上几无声息。马荣打开鞍袋，取出老爷的衣袍放在长榻上。此人生得广面丰颔，留着短短一撇髭须，昔日曾以剪径劫财为生，数年前改邪归正，从此为狄公效力左右。他十分精通拳术与角抵，在抓捕凶犯、涉险办案时很是得力。

“今晚你就睡在这张榻上，”狄公对马荣说道，“不过一夜而已，也省得出去四处寻找客店。”

“老爷放心，我定会找到一个落脚之处！”马荣满不在乎地答道。

“只要你不将全副身家都花在酒色二字上便行！”狄公淡淡说道，“这乐园之中，遍地都是妓院赌馆，最是善于诈人钱财的地方！”

“我才不会上当哩！”马荣咧嘴一笑，“不知此处为何被称为乐园仙岛？”

“自然是因为三面环水的缘故。还是言归正传！马荣，我们刚到此处时，见过一座石拱桥，你可还记得那桥的名字？却是叫做‘转魂桥’。要说为何会有此名，正是由于这里到处是一派癫狂淫乐之气，来客们受此熏染，常会摇身一变，沦为行事鲁莽的败家子！你那京师里的舅父刚刚过世不久，留给你一笔不菲的遗产，是不是足有两锭黄金?”

“一点不错！老爷只管放心，我定会好好收起那两只元宝，碰都不碰一下！等到将来告老还乡了，还指望用它来买房买船哩。不过我这里另有两锭银子，倒是可以拿来试试手气!”

“明日早饭前，你须得回到此处。我们要是早早动身，花上两个时辰，便可横穿金华县北，赶在正午时抵达县城。我非得前去拜会好友骆县令一趟不可，如果路过金华而不去造访，未免有失礼数，完事后便一路驰回蒲阳。”

马荣躬身一揖，恭祝老爷晚安。这时一个形容妩媚的妙龄侍女进来送茶，马荣与她擦身而过时，不禁眼中一亮。

“我想去外面廊上用茶，”狄公对那侍女吩咐道，“晚饭一旦准备停当，你也送到那里去。”

侍女退下后，狄公出门踱至廊前，在小圆桌旁的竹椅上落座，舒展一下僵硬的两腿，呷了一口热茶，回想起在京师长安中勾留的半月，心中颇觉满意。此行原是为了去年在蒲阳办过的佛寺一案[1]，自己被大理寺特意召去详问枝节始末，如今诸事已了，只想早日返回蒲阳，不料途

[1] 指普慈寺淫僧案，详见《铜钟案》。

中遭遇洪水，不得已取道金华绕行，不过也只是耽搁一天而已。虽然这乐园中的轻佻浮华之气十分可厌，但能在上等客栈中寻到一个如此清静的住处，也算颇为侥幸。狄公暗自盘算即刻就去洗浴一番，再吃一顿便饭，然后便早早上床歇息。

狄公正欲靠坐在椅背上，忽然浑身一凛，隐约感到有人正盯着自己，连忙转头回望，背后的花厅中却空无一人，随即起身行至卧房的窗前，隔着栅栏朝里一瞧，亦是空空如也，又走到栏杆旁，朝游廊边的一排灌木中仔细看觑，阴暗之中也未见有任何动静，不过闻到一股异味，似是枝叶腐烂的气息。狄公重又坐回椅中，想必只是自己心中作怪而已。

狄公将座椅移近栏杆，朝园林后方望去，只见枝叶间有彩灯闪烁，看去十分悦目，然而自家心境已改，不复方才的舒畅愉悦。溽热的空气愈发闷塞，园林中游客已然散尽，看去空旷阴森，几乎有些怕人。

这时右手边的紫藤花中发出窸窣之声，狄公不由吃了一惊，急忙转头看去，朦胧中似是一个女子立在游廊尽头，被低垂的大串蓝花遮去了半个身子。狄公这才放下心来，松了一口气，重又回头望向园林，口中吩咐道："且将饭菜搁在这张小桌上。"

话音落后，却闻得咯咯几声轻笑。狄公不禁愕然，再度望去，方才看清来人并非送饭的侍女，却是一个身材高挑的女子，穿着薄薄的白纱长裙，一头乌发披散在背后。狄公懊悔说道："在下出言冒失，还请勿怪，我只当来的是店内侍女。"

"虽是一场误会，却听得人心里好不是滋味哩!"那女子开口说道，语声文雅悦人，略一弯腰，从紫藤花下袅娜走出。狄公这才留意到在她身后的栏杆尽头处有个三柱门，下面应是一行台阶，直通向客栈旁边的小径。女子款款走上前来，细看竟是美艳绝伦，一张鹅蛋脸面，鼻梁纤秀挺直，一双杏眼顾盼流光、勾魂摄魄，身上裹着湿漉漉的轻纱薄裙，露出下面白玉凝脂一般的肌肤，身段亦是曼妙玲珑，手提一只四方形妆盒来回摇摆，行至栏杆前俏立当地，对着狄公放肆地上下打量。

"想必小姐也误会了，"狄公不觉有些着恼，"须知这里是私人住处!"

"私人住处？这位先生，对我而言，这乐园之内哪有甚么私人住处!"

"你又是何人？"

"我乃是这乐园之中的花魁。"

"原来如此。"狄公轻捋长髯，缓缓说道，心想这番邂逅真是好不尴尬。以前曾听人说过，在出名的风月场中，当地名流每年都会推选出一位色艺最佳的名妓，封为花魁，得此名号者将被视作班头行首，地位最高，通常歌舞弹唱无一不精，这片风月场的品级之高下，也取决于花魁的容貌才艺。如今不但得将这衣着不雅的女子赶紧打发走，还得小心不可唐突了佳人。狄公想到此处，彬彬有礼地问道："在下得遇花魁，实乃三生有幸。不知小姐为何竟会现身此处?"

"只是偶然路过而已。园林那边有一家大浴堂，我刚刚浴后出来，想从这游廊上抄个近道。左边的松林之上便是我的住处，就在永福客栈一侧，还以为红楼里没人入住哩。"

狄公目光犀利地扫了女子一眼，"我倒是觉得你似乎早已站在那厢，盯住我观望多时了。"

"我可没有窥看他人的癖好，倒是他人常常窥看于我才是。"女子傲然说罢，忽又面露惧色，朝敞开的花厅门内迅速瞥了一眼，蹙眉问道，"你说我暗中窥视你，这荒唐的念头从何而来?"

"只是隐约觉得似乎有人在暗中观望。"

女子紧紧身上的长裙，透明的薄纱下，露出丰盈妩媚的胴体。"说来好生古怪，我一路走到这里时，竟也同

游廊上狄公遇花魁

有此感，”略略自持一下，又用嘲讽的口吻说道，“不过我也并不在意，被人跟踪早已是家常便饭了！”说罢大笑起来，声音如银铃般清脆，却又蓦地收住，面上随之变色。

狄公连忙转过头去，方才也已听出一串娇笑中夹杂有一声怪笑，似是从卧房的窗边传来。女子喉头一咽，屏息问道：“谁在那间屋里？”

“并无一人。”

女子迅速扫视一下左右，转而凝望着远处的二层房舍，此时乐声已止，传出阵阵喝彩与哄笑。为了打破这尴尬情状，狄公随口说道：“有人似是正在那边宴乐。”

“那里是仙园饭庄，楼下供应美味佳肴，楼上则是……更有销魂的去处。”

“且罢，在下机缘巧合，得遇乐园花魁，幸何如之。只是今晚另有安排，明日一早还得继续赶路，怕是无缘再睹芳容，实为大憾。”

女子并未转身离去，却将妆盒放在地上，两手交叠枕于脑后，身子略朝后倾，越发凸显出高耸的双峰与纤腰丰臀来。狄公无法不留意到她浑身上下不见纤毫毛发，名妓娼女们常是如此打理，于是迅速掉头不顾。只听女子徐徐说道：“比起方才，你愈发不敢盯着我多瞧了，可是如此？”见狄公尴尬无语，似是颇为得意，过了半日才垂下两手，沾沾自喜地接着又道：“此时我并不急着回去，今晚将有宴席为我设下，有个痴情郎特意为我而来，让他稍候一时倒也无妨。跟我讲讲你的来历如何？居然留着那么一大把长胡子，看去好不威严，想来应是一位京官了？”

“非是如此，只是地方胥吏而已，与你那些声名显赫的裙下之臣比起来，实在无足轻重！”狄公说罢，站起身来，“在下此刻须得出门一趟，不敢耽搁小姐太久，小姐想来也该回去梳妆打扮了。”

女子闻听此言，两片红唇一撇，露出轻蔑的冷笑：“好一副惺惺作态的正人君子相！你那副嘴脸方才我已见过，我这浑身上下你也是尽收眼底，又何必假装无欲无求！”

“对我这般无足轻重之人，”狄公冷冷说道，“如此念头，纯是痴心妄想而已。”

女子眉头一皱，狄公这才注意到她唇边有几道纹路，流露出残酷之意。

“还真是痴心妄想！”女子尖刻地说道，“起初我还以为自己挺中意你那副悠闲的态度，如今才算明白过来，原来你对我根本毫无兴趣。”

“这话在下可当不起。”

女子恼羞成怒，一张俏脸涨得通红，离开栏杆，从地上提起妆盒，厉声说道："你这区区小吏，竟然也敢瞧不起我！不妨正告你一句，就在三天前，有个从京师长安来的贵公子，能诗善文，大名鼎鼎，正是为我而自寻短见了！"

"看去你并无悲悼之意！"

"为我惹出事端的痴汉子不知已有多少。"女子刻毒地说道，"要是挨个儿悲悼起来，只怕我后半辈子都悲悼不完呢！"

"劝你莫要如此妄言生死，"狄公正色说道，"鬼节尚未告终，阴曹地府的大门仍然敞开，死者的魂灵就在你我左右。"

这时从远处的房舍中传来一阵悠扬的乐声，二人忽又闻得一声低低的狞笑，似是从游廊下面的灌木丛中飘出。女子面上一阵扭曲，冲口叫道："我早已受够了这个鬼地方！谢天谢地，很快便可以远走高飞了，再也不必回来。有个大官人将要为我赎身，他不但家财万贯，还能吟诗作对，不日我便会成为县令夫人。看你还有什么话可说！"

"只想恭喜小姐，还有那位官人。"

女子微微躬身致意，怒气显然平息了不少，转身欲走时又道："那人自然是交了好运！不过他家妻妾可是未必。过不了几日，便会把她们一个个逐出门去！我可不惯与人分享一个男子的情意!”说罢姿态婀娜地走向游廊另一头，拨开紫藤花消失了踪影，那边定是也有一道下行台阶。佳人倩影倏尔不再，身后徒留一股名贵香露的淡淡芳馨。

忽然，这股余香被一阵令人作呕的腐臭盖过，正是从游廊前的灌木底下发出。狄公朝栏杆外一瞧，不由吃惊地朝后倒退一步。

只见树丛中立着一个患有麻风病的乞丐，形容十分可怖，全身枯瘦如柴，披着肮脏褴褛的破衣，左半边脸肿胀成一个巨大的脓包，左眼业已无存，只剩下一只右眼，恶狠狠地盯住狄公，破衣下伸出一只变了形的手爪，手指亦是残缺不全。

狄公急忙从衣袖中摸出几枚铜板。这些可怜人别无他法，只能以乞讨来苟延残喘，勉强度日。不料那病丐并未接过，只是歪斜着青紫的嘴唇冷笑一声，口中咕哝一句，转身消失在树丛中。

二

狄公浑身一竦打个冷战，将铜板重又纳入袖中。先是美艳绝伦的花魁，后是丑陋不堪的乞丐，这变化未免太过突兀了。

“老爷！我带来一个好消息！”背后有人兴冲冲叫道。

狄公面上一喜，转身看去，只见马荣一路进来，欣然禀道：“骆县令正在此地！我从客栈出去，走过两条街，看见一班衙役列队站在一顶大官轿前，便上去打问是什么大人物的轿子，结果得知正是骆县令的！听说他已逗留了数日，今晚便要回金华去，我就赶紧回来报知老爷。”

“如此甚好！我在此地与他照上一面，就省得明天还要再跑一趟金华城，也可提前一日回到蒲阳。马荣，你我这就过去，千万要赶在他动身之前！”

二人立时离开红楼，一路出了永福客栈正门。

街上人多熙攘，两旁的饭铺赌馆皆是张灯结彩。马荣一边行走，一边兴奋地左右顾视位于高处的楼台，不时可见浓妆艳抹的年轻女子，正倚在栏杆边嬉笑闲谈，手中不停摇晃着色彩鲜丽的丝绸团扇。天气仍是闷热潮湿，令人窒息。

下一条街中人声渐稀，走不多远，唯见两排黑漆漆的房舍，每扇大门前只点着一盏灯笼照亮，灯上题写着不甚起眼的小字，诸如“逍遥地”“馨雅坊”等等，原来皆是行院。

狄公急急转过街角。只见一座华丽的客栈门前，十来个轿夫正抬着一乘大轿，一班衙役从旁侍立。马荣走上前去，对那班头说道：“这位是蒲阳的狄县令，烦请通报你家老爷一声！”

班头命人放下官轿，拉开窗帘，朝里面低语几句。

轿门前立即现出一人，正是矮小圆胖的骆县令，身着蓝绸长袍，头上的乌纱帽稍稍歪斜，疾步走到近前，冲着狄公躬身一揖，大声说道：“什么风竟把仁兄吹到这里来了！来得正是时候，别后再晤，不亦快哉！”

“岂敢岂敢，实是狄某之大幸！愚兄从京师而来，正要回蒲阳去，原本打算明天去金华府上拜会致意，并谢过贤弟去年的盛情款待！”

“区区小事何足挂齿！”骆县令大声说道，圆脸膛上笑开了花，两撇尖尖的髭须与细细一绺山羊胡不住抖动，“仁兄从我这里买去的那两个女子，居然协助官府破获了

两县令相逢乐园中

淫僧一案[1]，说来也是敝县的一大荣耀哩！此事在州内一时间传得沸沸扬扬，街谈巷议好不热闹！”

“贤弟过奖了！”狄公勉强笑道，“此番京师之行，正是佛门势力撺掇大理寺召我前去，问了许多有关此案的详情，不过总算令大员们满意而归。你我不妨进去喝上一盅茶，我再细细讲与你听。”

骆县令迅速凑上前来，将圆胖的手掌按在狄公臂上，低声说道：“只可惜眼下不行！小弟我有要务在身，非得赶紧回城不可。另有一件事，怕是还得烦劳仁兄，千万要助我一臂之力！小弟在这里已经勾留了两日，只为有人自寻短见，须得勘查一番。案情倒没甚出奇，死者乃是个青年公子，刚刚考中状元，被授予翰林修撰一职，在回乡途中路过此地，不想竟与一个女子生出纠葛——也是司空见惯之事。此人姓李名廉，是有名的御史大夫李纬经的公子。如今案报尚未写出，不知狄兄可否帮小弟一把，在此耽搁一日，代我了结此案？都是些例行公事而已！小弟实在非走不可！”

狄公思忖一下，虽说并不想在这人地两生之处代庖执事，但也不好一口回绝，于是说道：“骆贤弟有事相托，

[1] 详见《铜钟案》。

愚兄自是义不容辞。”

“好极了！既然如此，小弟这就告辞了！”

“等等！”狄公急忙说道，“愚兄在此地一无权柄，你得委任我为金华县衙暂代行权方可。”

“这个好说！小弟此时此地委任便是！”骆县令满口答应，转身欲回轿中。

“还须白纸黑字写下来才成！”狄公无奈地笑笑，“凡事总得依律而行！”

“老天！又得多耽误一阵工夫！”骆县令有些着恼，朝街中左右打量一下，拽着狄公走入客栈的门厅内，立在柜台前抓过纸笔，忽又停手不动，恼怒地咕哝道：“这天杀的官文应该如何写法？”

狄公伸手拿过笔来，迅速书成了一纸授权文书，又取过一张纸，照原样抄录一份，说道：“你我盖上印章，再按过指印，便万事大吉了。你带走这张原件，派手下尽快呈给上司，也就是刺史，这份抄件则由我保留。”

“仁兄真是精于此道！”骆县令感激说道，“想必每日安寝时，也将公文范式压在枕下吧！”

待骆县令盖过印章，狄公又问道：“这里由何人主管？”

“要说乐园的里长，乃是名唤冯岱或是冯泰。”骆县令轻描淡写地说道，“此人精明强干，里里外外都料理得十分妥帖，当地的赌馆妓院全部归他所有，仁兄有事尽管问他。案子具结之后，不拘早晚，派人将案报送与我便是，全凭仁兄定夺！”说罢拽着狄公一路出门，口中又道，“多谢仁兄此番相助，小弟着实感激不尽！”正要上轿时，一眼瞧见衙役正在点亮题有“金华县衙”字样的大灯笼，厉声喝道：“你这蠢材，还不赶紧把灯笼灭了！”又对狄公说道：“小弟只是不想搞得太过张扬！正如孔夫子所言‘为政以德’。就此别过，后会有期！”

骆县令一头钻入轿内，轿夫们抬起粗重的轿杠置于肩头。忽见窗上的帘子一动，骆县令复又伸出头来：“还请仁兄务必记清那里长的名姓！姓冯名岱，很是干练，你去赴晚宴时便会见到其人。”

“什么晚宴?”狄公迷惑地问道。

“莫非我竟未交待过？却是当地一干名流今晚在白鹤楼设宴请我，自然得劳驾仁兄代我前去，不可折了他们颜面。那里美味佳肴应有尽有，尤其是烤鸭，仁兄不妨好好品尝一回，并替我转致歉意，之所以匆忙离去，皆因有要紧公事耽误不得云云，仁兄自会应付裕如。及到吃烤鸭时，切记要蘸些甜面酱一起受用方佳！”

窗帘重又掩起，一行人消失在黑暗中，跑在前头的衙役既未鸣锣，也未高声喝道，大异往日常例。

“这般匆忙却是为何?”马荣不解地问道。

“显然是骆县令外出时候，金华城内出了什么乱子。”狄公说着，缓缓卷起文书纳入袖中。

马荣忽然咧嘴笑道：“如此一来，我们便可在这逍遥快活之地多住上几日了!”

“只留一天，不可再久。”狄公断然说道，“既然在此地巧遇骆县令，我便省了一天的行程，不想又得用来替他办理公事。如今且回客栈去，我先换过官服，然后再去赴那劳什子宴席!”

二人走回永福客栈，狄公对店内管事道是将去白鹤楼赴宴，需用一乘雇轿。回到房中后，马荣助老爷换上墨绿官服，又戴上乌纱帽。狄公见侍女已将大红床帷拉起，并放了一壶热茶在桌上，于是吹熄桌上的蜡烛，与马荣一前一后出来。

狄公锁上房门，正欲将钥匙纳入袖中，犹豫一下，又道：“我还是将这钥匙留在门上的好，反正又没甚东西需要藏匿!”说罢将钥匙重又插入锁孔内。

二人行至前庭，只见一乘八抬大轿已候在那里。狄公坐入轿中，示意马荣也一同进来。

轿子经过喧闹的街市时，狄公说道：“到了白鹤楼，你进去通报一声，然后便去那赌馆酒肆里四处走走，打探些关于李公子自尽的消息——诸如他在此地驻留几日，见过何人，有多少打听多少。骆县令认为此案简单明了，但是谁又知道到底有何隐情。我自会尽早离席出来，如果你去白鹤楼寻我不着，就回永福客栈里等候。”

这时轿子稳稳落地。二人出了轿门，狄公抬头一瞧，不禁暗吃一惊。只见面前巍然耸立着一座高楼，长长一道汉白玉石阶，共有十二级，左右两旁立着青铜狮子，与活物一般大小，顺阶上去，便是两扇朱漆大门，门上镶有富丽的铜饰，高处悬着一面硕大的镏金牌匾，题有“白鹤楼”三个大字。上头还有两层楼阁，四面皆是木制雕花带檐露台，并用精工细做的镏金槅扇遮蔽在外，飞檐上挂着一排硕大的丝制彩绘灯笼。虽然狄公久闻这乐园中极尽奢华之能事，但也未曾料到竟会一至于斯。

马荣走上前去，大力叩响黄铜门环，只见一个衣冠楚楚的管事出来。马荣通报说狄老爷暂代骆县令掌权理事，现已驾临白鹤楼前，又眼看着老爷被迎进门去，这才快步降阶而下，混入街市上的人流之中。

三

管事上前相迎，狄公道明来意，原是特为代替骆县令前来赴宴。管事连忙深深一揖，恭请贵客入内。二人踩着厚密的宝蓝地毯，一路顺阶而上，走入二楼一间轩敞的大房中。

狄公只觉一阵清气扑面而来，不禁心神一爽，原来室内设有两只铜盆，里面装满冰块，专为消暑之用。地中央一张光亮的乌木圆桌，上面摆着瓷碟与银酒壶，碟内盛有各色冷荤，周围六张乌木雕花高背座椅，椅面用清凉的汉白玉石板制成。凸窗边有一张红色云石镶面的精致条几，四名男子正围坐在旁喝茶嗑瓜子，抬头看见狄公，人人面露惊异之色。其中一个胡须灰白的清癯老者率先起身，走到近前相迎，恭敬说道："不知先生要找哪位？"

"你可是冯岱冯里长？"狄公问道，见那人点头，便从袖中取出骆县令签署的文书递上，并道是应骆县令之托，前来代为赴宴。

冯岱躬身一揖，将文书还与狄公，说道："敝人正是此间里长，愿为老爷竭诚效命。且让我来介绍一下其他几位宾客如何?”

年纪最长之人名叫温源，身材瘦削，头戴一顶便帽，乃是乐园中经营所有古董店铺的富商，长长一张脸面，两颊凹陷，灰黑稀疏的双眉下，一对小眼看去十分精明，留着短短的灰白髭须和一绺山羊胡，修剪得十分齐整。旁边一人看去年纪较轻，生得器宇轩昂、仪表不凡，头戴一顶四方纱帽，却是当地的酒商行首，名叫陶盼德。另有一个青年后生坐在窗边，相貌俊雅，名叫贾玉波，是上京赶考路过此地的书生，冯岱还特意提到他已颇富诗名，口气甚为得意。

狄公心想这几人倒是比自己预想的更具仪态风神，于是先代骆县令略致歉意，然后说道:“本县正巧途经此地，受骆县令之托，专为办理三日前出的李廉自尽一案。初来乍到，自是人地两生，还想听听各位有何高见。”

众人一时尴尬无语，只见冯岱庄容说道:“老爷明鉴，李公子遽尔自裁，实在令人扼腕痛惜，然而不幸的是此类命案在本地并非罕见。有些游客在赌馆中输得精光，随后便寻个短见，一了百了。”

“本县却听说此事是因为单相思而起。”狄公说道。

冯岱迅速扫了其他三人一眼。陶盼德与贾玉波只管对着各自的茶杯默默出神。温源撇一撇两片薄唇，捻着一绺山羊胡，小心地说道："这话可是老爷从骆县令那里听来的？"

"骆县令急于动身上路，一时仓促，未能从容详谈。只是讲了个大概而已。"

温源闻听此言，对冯岱递过一个意味深长的眼色。这时陶盼德抬头望着狄公，两眼忧愁倦怠，开口徐徐说道："老爷明鉴，这乐园中常常因情生事，纷争迭起，且又代代相传，俨然成风，实属大不幸之事。我等自小长于斯地，满眼的浮薄男女、露水情缘，早已是司空见惯。若是以情为戏，只当作一桩消遣，倒也不失雅趣，无非略施些手段与本钱，只为赢得片时欢娱。若是玩得成，权当多了一桩弥足回味的乐事；若是玩不成，也便一笑置之，不以为意，大可再去另觅良伴。然而外来之客一旦涉入情场，往往不能如此超脱，更兼当地的歌伎舞姬又最擅长撩拨逗引之术，使人一不留神便会泥足深陷，以致酿成悲剧收场。"

狄公万没料到一个酒商竟会如此谈吐不俗，不禁好奇地问道："陶掌柜可是本地人氏？"

"回老爷，并非如此，却是从南边迁来的。大约四十年前，家父到此定居，买下了当地所有酒肆，只可惜小民尚在幼年时，他便早早过世了。”

这时冯岱迅速起身，欣欣然说道：“各位，香茶虽好，然而更有佳物，此刻不享，更待何时，不如这就入席开宴吧！”虽然听去兴头十足，狄公却觉得似有几分强作欢喜之态。

冯岱恭请狄公坐了正对门口的首席，自己对面相陪，两旁分别是陶盼德与温源，又示意贾玉波坐在狄公右边，随后举杯祝酒，恭迎老爷大驾光临。

狄公呷了几口烈酒，指着左边的空位，问道：“莫非还有一位客人未到？”

“一点不错，老爷，此客可是非比寻常哩！”冯岱答话时，狄公再次觉察出他那勉强做出的快意，“过不多时，色艺双绝、艳名远播的秋月小姐将会前来，与我等共聚一堂。”

狄公闻听此言，不禁扬起两道浓眉。依照常例，应召而来的妓女或是始终侍立，或是坐在一旁的小凳上，不得如宾客一般正式入席。陶盼德留意到狄公一脸迷惑，连忙开口说道：“老爷明鉴，在我们这里，名妓娼女举足轻重，因此总得格外优容一二。游客之所以长年络绎不绝，除了直奔赌馆，其次就是慕众芳之名而来。乐园中一半的收益都出自她们身上。”

“其中有四成将会缴给官府。”温源从旁冷脸说道。

狄公默默举箸，夹起一片咸鱼，这乐园所缴的税金在一州之内着实分量不小，自己亦是早有耳闻，于是对冯岱说道：“此地常有大笔银钱交易，要维持一方安宁，想必颇为不易吧。”

“回老爷，在这岛内，倒还不算十分为难。敝人有六十名手下，皆是从乡民中招募而来，征得县令老爷同意后，任命他们为编外衙役，平时只穿便服，因此轻易就可混入赌馆、饭铺或妓院里去，暗中盯住各处情形而不会被人察觉。不过周遭地方常会发生事端，道上还有强人出没，希图劫夺出入游客所携的财物。大约半月前，刚刚出过一起凶案，一名信差带了一盒金条上路，结果路遇五名劫匪，幸好还有两个手下随行，于是将这伙歹徒打退，其中三人丧命，二人逃走。”冯岱说罢，举杯一饮而尽，又问道，“想来老爷定是找了一个上好的住处？”

“不错，就在永福客栈内，真是好个所在，人称红楼。”

四人闻听此言，八只眼睛齐齐盯住狄公。冯岱放下筷子，懊悔说道：“那掌柜行事大为不妥，不该让老爷住在彼处。三天前，李公子自寻短见，正是在红楼内。我这就派人去传话，另找个适宜的住处……”

三

“本县对此倒不介意，”狄公断然说道，“况且住在那里，还可顺便了解案发现场。不必责备那掌柜，如今我才记起他本来要告诫几句，却被我截住了话头。诸位不妨说说，案子发生在花厅还是卧房？”

冯岱看去仍是心神未定，陶盼德从旁审慎答道：“回老爷，是在卧房之中。门从里面上了锁，骆县令只好命人撞开。”

“本县也留意到那门锁是崭新的。既然钥匙插在门内，窗上又装有铁栅，至少可以断定外人无法进入。不知那李公子是如何自尽的？”

“他用自己的匕首抹了脖子。”冯岱说道，“事情原是这样，李公子先是独自在外面游廊上用过饭，然后进到屋内，对伙计道是要整理文书，还说不想被人搅扰。过了个把时辰，伙计想起忘了拿茶盘，于是去敲卧房的门，敲了半日无人应答，就跑到游廊上，想从窗外看看李公子是否已经睡下，却见他仰面朝天躺在床前的地上，胸前一片血污。

“伙计见此情形，立即跑去告诉掌柜，掌柜又赶紧来报知与我。我二人一同奔去骆县令下榻之处禀报后，再与骆县令及其手下赶回永福客栈。骆县令命人撞开卧房的门，将尸首移送到乐园另一头的道观中去，当天晚上，便在观内做了尸检。”

“可曾发现什么异常情形？”狄公问道。

“没有，老爷。不过听说在死者面部与手臂上有几道浅浅的伤痕，原因却是不明。骆县令当即派人送信给李公子的父亲，即声名显赫的御史大夫李纬经。李老先生致仕后，住在一座乡间别墅中，就在这乐园以北二十里处，近来一直卧病不起，已有数月之久，因此死者的叔父与信差同来，将尸体收厝入棺后带回家中，归葬于李氏祖坟内。”

“李公子一心迷恋的女子是谁？”

席间又是一阵尴尬的沉默。冯岱清清喉咙，郁郁答道：“回老爷，正是今年选出的花魁，名叫秋月。”

狄公听罢叹息一声，果然不出所料！

“李公子弃世之前，并未给秋月留下只言片语，倒是与众多心灰意冷的情场失意者一般无二。”冯岱接着叙道，“不过在他的案头发现了一叠信笺，头一页上画有两个圆圈，下面不但写着‘秋月’二字，而且连写三遍。骆县令召秋月来问话，她当即坦承李公子对她十分迷恋，还提出要为她赎身，却遭到回绝。”

“今晚早些时候，本县不巧与她见过一面，”狄公冷冷说道，“有人为她送了性命，她竟然洋洋得意、以此为荣，看去甚是娇纵无情。若是果真到席的话……”

“还请老爷看在此地情形特殊的分上，对她稍稍体谅一二。”陶盼德迅速说道，“如果有人为了哪个女子自寻短见，这女子便会声名大振，若是死者再有点名气，则更是变本加厉。此类情事常常传遍州内，还会引得一些猎奇心重的人慕名而来……”

“无论看在何种情形的分上，都实在可悲可叹！”狄公怒道。

这时侍者送上一大盘烤鸭，狄公尝了一口，心中赞服真是美味至极。至少关于吃食，骆县令总还所言不虚。

一时又见三个妙龄女郎进来，朝席上翩然下拜，一女持琴，一女捧鼓，坐在靠墙的小凳上，第三个款款上前执壶斟酒，容貌俏丽，妩媚动人。冯岱道是此女名叫银仙，正是秋月的徒儿。

贾玉波一直默默无语，此时似是兴致大好起来，先与银仙调笑几句，然后又与狄公开始议论古诗。持琴者弹出一段欢快的旋律，旁边一女击鼓伴奏。一曲终了时，狄公听见温源怒道：“你这小妮子，何必假装正经！”

狄公眼见温源一只枯手深深没入银仙的广袖内，银仙涨红了脸面，正要从温源身边躲开。

“温掌柜，时候还早哩！”贾玉波厉声说道。

温源立时收手，冯岱开口说道：“银仙，替贾生斟上一杯！过不多久，他便要套上笼头，不复飘然一身、逍遥自在，何妨善待一二！”又对狄公道：“老爷有所不知，再过几日，这位陶掌柜便会作为中人，主持贾公子与小女玉环的订婚之礼。”

“为了这桩喜事，大家且来干上一杯！”陶盼德欣然说道。

狄公正待恭喜贾玉波几句，忽见房门开启，一个身材高挑的女子傲立当地，不禁心中一凛。

只见那女子身着一袭华丽的蓝紫色锦缎长裙，上面用金线绣有花鸟图样，高领广袖，束一条宽宽的绛紫色腰带，愈发显出纤腰丰胸。一头乌发盘成高髻，发间别着几支细长的金簪，簪头镶有宝石。一张鹅蛋脸上描眉画黛，更添了几分艳色，小巧的耳垂下悬着一对翠玉明珰。

冯岱一见秋月，立时上前热络相迎。秋月勉强行过礼后，朝席间迅速扫了一眼，皱眉问道：“骆县令怎么还未到席？”

冯岱连忙解释说骆县令因故匆匆离去，实是出乎意料，不过已托付其同僚狄县令代理公事，又请秋月在狄公身旁落座。狄公心想既然人已到场，总得和颜悦色相待，顺便再打问些有关李公子的消息，于是朗声说道：“如今你我总算正式见过了！本县今天着实运气颇佳！”

秋月冷冷瞥了狄公一眼，对银仙喝道："给我满上！"银仙赶紧依言而行。秋月举杯一饮而尽，又命银仙再度斟满，随后对狄公闲闲问道："骆县令可曾留下什么口信给我？"

"骆县令只嘱咐本县见到诸位时，定得代他好生致歉不可。"狄公说话时颇有几分惊异，"自然也包括小姐在内。"

秋月听罢未置一辞，两弯蛾眉深蹙，只管盯着酒杯默默出神。狄公留意到其他四人正齐齐望向秋月，面色焦灼不安。秋月蓦地抬起头来，冲乐工叫道："你二人傻坐在那边作甚！还不赶紧奏乐，不然召你们来有何用处！"

两个女子吓得战战兢兢，连忙开始击鼓弹奏，秋月一仰脖又喝干一盅。狄公好奇地从旁打量，只见她唇边那几道纹路愈发清晰，显然一腔怒气郁结胸中。秋月忽又抬眼直直望向冯岱，冯岱连忙顾视一旁，与陶盼德说起话来。

狄公心中恍然大悟。在游廊上邂逅秋月时，她曾说过自己即将成为县令夫人，那官老爷不但家财万贯，而且能诗善文，岂不是正合了骆县令的谱！原来这位生性多情的同僚在调查人命案时，居然迷上了花魁娘子，且又一时孟浪，满口答应要为她赎身并娶回家中，狄公想到此处，不禁暗自好笑。正是因此，骆县令才会仓皇离去，甚至趁人不备悄悄溜走，哪里是有什么要紧公事！他必是很快觉察出秋月虽然貌美无匹，却心高气傲、冷酷无情。县令老爷在办案时竟与重要证人过从甚密，分明就是公私不分，秋月抓住这一把柄，以后定会步步紧逼，骆县令自是赶紧脱身为上！然而慌乱之中又拖人下水，将同僚好友置于极其尴尬的境地。冯陶等人对骆县令的一片痴情自是心知肚明，因此才邀请秋月赴宴，很可能还预备要当场恭贺老爷得此如花美眷哩！难怪众人听说骆县令已经脚底抹油时，个个大惊失色，并且也已料到自己尚被蒙在鼓里，美其名曰代理办案，实则就是替人顶缸却还浑不知情的傻子！罢罢，事到如今，只得硬着头皮支撑到底了。

狄公想到此处，对秋月蔼然一笑："本县刚刚听说，大名鼎鼎的李公子正是为了秋月小姐而自寻短见。古人云才子常爱佳人，果然丝毫不爽！"

秋月瞟了狄公一眼，口气稍稍和缓说道："多谢老爷美言谬赞。李公子确是风神潇洒、别具一格，临别时赠我一瓶香露作为礼物，装在一只信封内，还在封皮上题诗一首，写得情意绵绵。那可怜人知道我甚爱名贵香露，就在决意自裁的当晚，特意送到我的住处去！"说罢叹息一声，又沉吟道："我本该对他稍稍假以辞色，此人不但十分温存体贴，且又慷慨大度。我不曾当场拆封细看，只是心中猜想到底会是何种香露，他知道我一向偏爱麝香味或是天竺檀香味。李公子临出门前，我忍不住问起此事，他却并未作答，只道是‘还请务必送到地方！’——说的正是我呢！他总会说些别致的俏皮话！不知老爷觉得哪种香露与我最为相宜，是檀香还是麝香呢？”

狄公刚刚恭维了几句，忽被旁边的叫嚷声打断。银仙方才正为温源斟酒，此时却奋力将他的两手从自己胸前推开，致使酒水泼溅出来，洒在温源的衣袍上。

“你这笨手笨脚的蠢货！”秋月冲银仙喝道，“为何不小心一点？发髻全搞乱了，还不快去梳妆室整理一下！”

银仙吓得魂飞魄散，匆匆退出门去，秋月盯着她若有所思瞧了半晌，转头对狄公娇羞说道：“不知老爷可否肯为我斟一杯酒？就当是格外开恩吧。”

狄公往秋月的杯中倒酒时，见她面上飞起红晕，想是几杯烈酒下肚，酒力终于发作起来。秋月抿抿樱唇，笑得十分柔媚，不过心思显然在别处打转，举杯呷了几口，忽然起身说道：“我姑且失陪一刻，还请诸位见谅！”

秋月离席后，狄公想与贾玉波攀谈几句，却见他重又显出萎靡之态。一道道菜肴不断送上，众人吃得十分尽意。两名乐工接连弹奏了几支时新曲目。狄公虽不喜新曲，但也暗赞吃食着实美味。

最后一道全鱼大菜端上时，秋月翩然归席，看去神采奕奕，从温源背后经过时，冲他附耳低语了几句，又手持团扇在他肩上戏谑般地轻轻一拍，方才回到原位坐下，对狄公说道：“这一晚真是尽兴得很！”

秋月伸出一只纤纤玉手，按在狄公臂上，倾身凑到近前。狄公只觉飘来一股麝香气味，正是从美人的云鬓间散出。只听她柔声说道：“你我在廊上偶遇时，奴家言语多有冒犯，老爷可知是何缘故？只因奴家对老爷一见如故，心中着实景仰，却又羞于自承。”说罢对着狄公注视良久，又道：“老爷见到奴家时，想必也不至心生厌憎吧？”

狄公正在寻思应如何妥帖应答，臂上又被秋月捏了几把。只听她接着说道：“有缘得识老爷这般睿智练达的男子汉，真是快事一桩！不瞒老爷说，奴家早已看厌了那些自命不凡的花花公子！能遇见沉稳持重之人，心中好不安慰，因为……”说到此处，对着狄公羞怯地抬眼一瞧，又垂下眼帘，声音极尽柔媚，“因为老爷深谙……人事。”

这时温源起身离座，似欲告辞而去。狄公见此情形，不禁松了一口气，果然听他道是有个要紧的客人将去家中拜访，故此非得先走一步。

秋月转而与冯陶二人谈笑起来，尽管一气灌下数杯，却未见口齿含混，戏谑讥诮时仍是牙尖嘴利。冯岱讲述过一段趣闻后，秋月忽地手抚前额，哀哀说道：“今晚我实在贪杯太过，此时告退，可否有失礼数？且来干了这最后一盅！”说罢竟端起狄公的酒杯缓缓饮尽，随即拜谢离去。

狄公盯着残留在酒杯边沿的鲜红唇印，不由心中作恶。陶盼德微微一笑：“老爷真是令我们的花魁娘子一见心折！”

“她只是对生客以礼相待而已。”狄公不动声色地说道。

贾玉波起身告辞，道是身上觉得不适。狄公心想若是自己也立时离席的话，众人定会以为是要追随秋月而去，为了免此误会，非得再挨上一阵子方可辞去，不禁暗暗叫苦。秋月擅用自己的杯子饮酒，分明就是下了邀约，陷入如此尴尬的境地，说来都得怪那风流成性且又拉人顶缸的骆县令！这时侍者送上最后一道甜羹，表明宴席将尽，狄公不觉叹了口气，埋头品尝起来。

四

马荣离开白鹤楼后，口中哼着小曲一路走去，不一时便寻到了乐园中的大街。

街中每隔一段，便筑有一座五彩辉煌的牌坊。各色人等熙熙攘攘，在一家家赌馆的大门前挤进挤出、络绎不绝，兜售糕饼和面条的小贩们扯着嗓子高声叫卖。唯有传来“哐啷哐啷”的声音时，街市喧嚣才会稍稍平息一二，原来每家赌馆门前都摆着一只大木槽，里面盛满铜钱，两名大汉不停地上下摇晃，是故有此响动，据说须得晃上整整一夜。钱响声不但会带来好运，还能招徕顾客。

在一座高高的木头平台前，马荣停住脚步。这平台正搭在最大的一家赌馆门旁，上面摆着许多碗碟，里面盛有蜜饯果脯与糖渍水果等吃食，上方还有一只木架，挂着纸制的房屋、马车、船只并各式家具衣物。每逢七月初，百姓们便会搭建起无数个类似的祭坛，在整个鬼节前后用来上供，以便逝者的亡灵重游人间。一众鬼魂不但可以歆享供品，还可从许多纸型中挑选在阴间所需之物。到了七月三十日鬼节告终时，所有供品都会散给穷人，祭坛与纸型也会悉数焚烧，随着烟火升腾，众鬼所需的车马家什等物也将被送至阴间各处。这一节日旨在告诫世人，人死并非一去不返，阴阳也并非从此永隔，逝者每年仍可回家探望一遭，与在世的亲友共度十天半月的光阴。

马荣细细赏看过各种祭品摆设后，咧嘴笑道："彭家舅舅的魂灵应是不在这里！他从不爱吃甜食，不过生前大概喜欢跑去赌上几把，而且肯定手气大好，不然怎会平白留下两锭金元宝给我！即使魂返人间，敢说也是在赌馆里游荡，不如此刻进去瞧瞧，保不定冥冥之中，还能给我这小外甥支上几招哩！"

马荣走入厅堂，先缴了十个铜板。只见地中央摆着一张大赌桌，周围人头攒动。这一局是最简易也最受欢迎的赌法，庄家手拿一只碗，将几枚铜钱倒扣在底下，由赌客们来猜铜钱的数目。马荣从旁观望半日，朝厅堂后方的台阶费力挤去。

楼上一间大屋，里面摆着几张较小的桌案，每张桌旁各有一群赌客围坐，少则六七人，多则十一二个，正玩着各种骨牌戏或骰子戏。人人穿戴齐整，其中二人居然还头顶官帽。后墙上悬有一块大红招牌，上书一行黑漆大字："每局完毕，立时清账，须用现钱"。

马荣正在犹豫到底该去哪一桌前碰碰运气，只见一个驼背男子悄悄挨身过来，身量矮小，穿着整洁的蓝布衣袍，头上却未戴冠帽，灰白的散发凌乱披拂，抬头仰望马荣铁塔般的身形，一双眸子晶亮如珠，说话时语声尖利："这位朋友，要是想下场玩上一局，得先让我瞧瞧你身上带了多少银子。"

"这与你有何相干？"马荣怒道。

"事事都相干！"一个低沉的声音在背后响起。

马荣一转身，与一个大汉正对上脸，身量与马荣不相上下，却是虎背熊腰，浑似一只铁桶，一颗硕大的头颅仿佛直接生在宽肩之上，左右胸脯鼓胀，仿佛扣着两只蟹壳，一双微微凸出的圆眼盯着马荣不住打量。

"你是何人？"马荣惊异地问道。

"在下名叫阿蟹，"大汉懒懒答道，"这位是我的同行，名叫阿虾，愿为好汉效劳。"

"你们想是还有一个名叫阿盐的伙计？"

"没有。这是为何？"

"如此一来，我便可将你们三个通通扔进滚水里，煮成一锅好好受用了。"马荣不屑地说道。

"拿我寻开心是不？"阿蟹对驼子阿虾郁郁说道，"按理说客人讲个笑话，我都该跟着赔笑脸才是。"

阿虾并不理会，抬起又尖又狭的鼻子，仰头瞧着马荣，厉声说道："莫非你大字不识一个？那边招牌上写得明明白白，须用现钱当场清账。为了免得彼此难堪，凡有客人初来乍到，都得先给我们看看身上带了多少银子预备下注。"

"听去也不是没有道理，"马荣勉强附和道，"你二人在这赌馆里做事？"

"我和阿虾为冯里长效命，"阿蟹徐徐说道，"负责四处巡查。"

马荣朝这身形迥异的二人若有所思看了半晌，弯腰从靴筒里抽出官牒来递给阿蟹，说道："在下为蒲阳县令狄老爷效力，骆县令刚刚委托我家老爷在此地代为理事。我倒想与你二人找个清静地方，好好说上几句话。"

那二人仔细看过后，阿蟹将官牒交还给马荣，叹了口气说道："看来又非得说到口干舌燥不可。马大哥，不如我们去外面露台上坐下，再随便吃喝一点。"

三人在露台一角落座，阿蟹面朝馆内坐下，正好可以望见里面的情形。过不多久，伙计送上一大盘炒米饭，还有三只白镴酒壶。

三人互通名姓后，又彼此寒暄几句，马荣方知虾蟹二人皆是在本地土生土长。阿蟹是个八等拳师，很快便与马荣大谈起拳术以及各种招式的优劣来，阿虾却未加入这场议论，只顾埋头吃饭。过不多久，三人便将炒饭吃得精光，马荣举起酒壶喝了一大口，朝椅背上一靠，拍拍肚皮，满意地说道："如今这先头的活计总算顺利做完了，我已是酒足饭饱，接着再来办些公事。关于那自寻短见的李公子，敢问你们知道多少？"

虾蟹二人迅速交换了一个眼色，阿虾开口说道："这么说来，你家老爷正在勘查此事？且给你透个消息，据我所知，李公子来时去时都颇为糟心，不过中间几日却十分得趣。"

这时室内传来争吵之声，阿蟹一跃而起直奔过去，虽则看去身形笨重，行动时却敏捷得出奇。阿虾举杯一饮而尽，接着叙道："事情原是这样，十天前，也就是七月十八日，李公子乘了一条大船，与五个朋友一道从京师长安来到此地。他们已在河上行了两日，从早到晚喝酒宴乐，剩下的酒菜统统归船夫们受用，结果人人都吃得烂醉。又逢河上起了大雾，我们冯里长的船正好从上游下来，里面坐着从亲戚家回来的冯小姐，不巧撞了个正着。这一撞可是不得了，直折腾到天亮，两船才勉强撑到渡口，李公子答应自会赔上一大笔钱。我方才说他刚到这里就遇到了糟心事，说的就是这桩官司。下船之后，他与几个朋友去永福客栈投宿，李公子独个儿住进了红楼。”

“我家老爷如今正住在那里!”马荣叫道，“不过他倒是不惧鬼神。想来李公子也是在那里自寻的短见?”

“我可没说过自寻短见的话，也没提过鬼神。”阿虾断然说道。

这时阿蟹重又回来，仍在原位坐下，听见最后一句，说道:“我们可不想议论鬼神，并且李公子也不曾自寻短见。”

“这话从何说起?”马荣惊问道。

“只因在当地负责巡查，我留神盯过他一阵。”阿虾说道，“就在这赌馆之中，无论赢钱输钱，他向来不动声色，根本不是会自寻短见之人。”

“我二人干这一行已有十年，什么人不曾见过。”阿蟹从旁说道，“且说那个年轻书生贾玉波，上来一把输光了所有银子，于是急火攻心、七颠八倒，一个眼错不见，不定就会上吊投河。但是李公子却完全两样，他绝不是会寻短见之辈。”

“不过听说他迷上了一个女子，”马荣说道，“女子常会令男人变得疯疯傻傻。每每想起她们做下的勾当，连我有时也……”

“李公子是个精明冷酷之徒，根本不会寻短见。”阿蟹冷冷说道，“若是哪个姑娘抛闪了他，他定会使出阴招来，尽情捉弄那女子一番不可，而不是自寻死路。”

“不是自尽，那就是死于谋杀了！”马荣徐徐说道。

阿蟹面露惊诧，转头对阿虾说道：“我可曾提过谋杀二字？”

“当然没有！”阿虾断然应道。

马荣耸耸肩头，问道：“李公子曾与哪个姑娘一起过夜？”

“这六七天里，他常去看望花魁秋月，”阿虾答道，“不过也有石竹姑娘，只隔了一条街，还有玉花和牡丹。用你家老爷的话说，他与这些姑娘们多半有过鱼水之欢，然后便是逗逗乐子、调笑一番。至于详情如何，你得去问她们，别来问我，我又没跟在一旁照应服侍。”

“果然问起来，倒也蛮有趣味。”马荣咧嘴笑道，“无论如何，他们定是逍遥快活了一阵。后来情形又如何？”

“三天前，也就是二十五日一大早，”阿虾说道，“李公子雇了一条船，将几个朋友打发回京师，自己回到红楼里，独自用过午饭，一下午都在房中，破天荒头一遭没去赌馆，也是头一遭独个儿用饭，然后便把自己锁在房里，过了个把时辰，被人发现脖子上挨了一刀，已是一命呜呼了。”

"阿弥陀佛。"阿蟹从旁念道。

阿虾抓抓长鼻子，沉思半晌，接着又道："这些都是道听途说来的，信不信由你。就我二人亲眼所见，就在那天晚饭后，古董铺掌柜温源曾经去过永福客栈。"

"也就是说他去拜访李公子了！"马荣急切说道。

"这些衙门里的人，为何总是强词夺理、硬要编派？"阿虾对阿蟹无奈说道。

"他们一向如此！"阿蟹耸耸肩头。

"这位好汉，"阿虾耐心说道，"我只是说我们看见温掌柜去了永福客栈，如此而已。"

"老天！"马荣叫道，"你二人不仅要盯着外来之客，还得盯着本地的所有富户，一定忙得不可开交了！"

"我们并非要盯住本地所有富户，"阿蟹说道，"只是那温某人而已。"阿虾从旁不住点头。阿蟹用一双蛤蟆眼直直盯着马荣，又道："此地有三家大买卖，一是赌馆妓院，都在我们冯老爷名下；二是饭铺酒肆，在陶掌柜名下；三是古董店，全归温掌柜所有。这三个行当互为表里，关系十分密切。若是有人在赌馆中手气大好，我们便会将这好消息告诉陶温二位的手下，没准儿那人会大摆宴席，或是花钱买入一两件漂亮的古董——虽说都是假古董，却也造得足以乱真。与此相反，若是有人输得甚惨，我们便会留心他家是否有模样俊俏的小妾或是侍女可供发卖，温掌柜的手下也会前去打探可有上好的古董想要脱手。诸如此类的各种情形，随你去想便是。”

“好个环环相扣的生意经!”马荣赞道。

“一点不错，”阿虾附和道，“因此便有了冯、陶、温三家。我们冯老爷为人正派厚道，于是官府便任命他做了里长，凡事都由他掌管，也是三家中的首富，但是须得出力才行！若是里长做人好，则大家都有进项，来客也心满意足，唯有自讨苦吃的傻子才会上当受骗。若是里长品行不端，他本人倒是会大发横财，但是当地很快便会烂掉。说起来有个好人做里长，真是幸事一桩哩，只可惜冯老爷膝下无子，只有一个女儿，他一旦下世或是惹了麻烦，里长的位子就会落入他人之手。陶掌柜有些书生气，不爱多事，也从不想当这劳什子里长。你已听说了不少有关冯陶二位的消息，我并没提过温源一个字，阿蟹你说是不是?”

“是没提过!”阿蟹肃然答道。

“你说了这许多，到底是何意思?”马荣焦躁地问道。

“他只是为了讲些本地情形给你听听。”阿蟹答道。

“一点不错!”阿虾得意地说道，“我口中所言，正是我眼中所见。不过，既然马大哥看去也是一条好汉，我就再透露一点，这个全是道听途说来的。陶掌柜的父亲名叫陶广，三十年前，也是在红楼里自寻了短见，也是窗上封有铁栅，门从里面上了锁。就在那天晚上，也有人在客栈附近看见过温掌柜，说来还真是巧得很哩。”

“我自会去告知我家老爷，”马荣欣然说道，“如此一来，他得在卧房里对付两个死鬼了。总算说完了公务，我这里还有一点私事，想跟二位讨个主意。”

阿蟹叹了口气，对阿虾懒懒说道：“他想找个姑娘。”又转头对马荣道：“这位大哥，你且去旁边的街上，看中了哪家院子，只管拿脚走进去，什么样的姑娘都有，吹拉弹唱样样精通，高矮胖瘦一应俱全，随你挑选便是！”

“正因为你们这里的姑娘一应俱全，”马荣说道，“我才想找个特别又特别的。我乃是本州涪陵人氏，今晚想找个同乡女子。”

阿蟹将一对蛤蟆眼转了几转，对阿虾嫌恶地说道：“你且扶我一把！听得我简直要掉眼泪了，居然想得出要找个同乡！”

“说来惭愧，”马荣略显忸怩，“要是我好几年都没能操着家乡话谈情说爱一回，有时便会生出这念头来。”

“他这人净说些梦话，真不是好习惯。”阿蟹对阿虾议论一句，又冲马荣说道，“那好，你就去南边的宝蓝阁，告诉管事婆子，就说我俩带话给她，务必将银仙姑娘给你留下。她正是涪陵人氏，虽非头等，但也是人物出众，又有一副好脾性，曲子唱得格外动听，都是跟一个姓凌的姑娘学的，那凌姑娘过去也曾是这里出名的歌伎，不过我猜你对曲子没甚兴趣。此刻为时尚早，她还在外头陪酒侍宴，等到将近午夜时再去不迟，然后便可花言巧语一番，莫非这也要跟我们讨主意不成?”

“暂且不必！不过多谢提点！听起来你们二位对女人似是浑不上心。”

“一点不错，”阿虾说道，“点心师傅难道还会吃自家做的点心不成?”

“当然不至于天天吃，不过有时总要尝上一口吧，哪怕只为瞧瞧存货是否新鲜。须得说没有女人的话，日子总是有些无趣。”

“没有女人，还有南瓜。”阿蟹幽幽说道。

“南瓜?”马荣出声叫道。

阿蟹重重点头，从衣领上取下一根牙签，专心剔起牙来。

“是我们自己种的南瓜。”阿虾说道，“我与阿蟹有一座小房子，就在这仙岛西头的河边，还有一片好地，种的全是南瓜。每天天亮收工回家，我们就给南瓜地浇水，然后歇息一阵，睡到午后多时方才起身，接着再去地里锄草浇水，完事之后，回到赌馆里接着当差。”

“真是各有所好！只是在我听来，不免有些单调乏味。”

“这你可说错了，”阿蟹兴冲冲说道，“你真该天天看着它们如何长大！没有两只南瓜长得一模一样，从来没有。”

“不妨给他讲讲十天前的事，”阿虾随口说道，“大清早时，我们在地里浇水，竟然在叶子上发现了毛虫。”

阿蟹点点头，两眼盯着手中的牙签，说道：“就在那天早上，我二人看见李公子的船停在码头上，码头就在南瓜地正对面。温掌柜与李公子躲在树丛后面，唧唧咕咕说了大半日，样子鬼鬼祟祟的。听说李公子的父亲时常从温掌柜手中买入古董，二人自然相识，不过我可不觉得他们是在谈什么古董生意，至少看去不像。我们既然负责巡查，便向来恪尽职守，即使在闲暇时也不忘公事，甚至连可能啃坏宝贝南瓜的毛虫都顾不上捉哩。”

“我们对冯老爷一向忠心耿耿，”阿虾说道，“吃他家这碗饭已有十年了。”

阿蟹抛下牙签，起身说道：“既然马大哥想要玩上一局，如今且说回原话，你身上究竟带了多少银子？”

五

马荣与三个神情庄重的米商一同玩了几局，虽然摸到一手好牌，玩得却并不尽兴，还是那些吵吵嚷嚷、叫骂连天的赌戏更为来劲。他先是赢进几两银子，接着又输了出去，心知此时正宜收手，于是起身离座，与虾蟹二人道别，一路施施然踱回白鹤楼。

管事对马荣道是冯里长的宴席已近尾声，两位宾客与众歌伎皆已离去，又请他在柜台旁的条凳上坐下，暂且喝茶等候。

一时马荣瞧见老爷从楼上降阶而下，冯陶二人一路陪同，又恭送至大轿前。狄公对冯岱说道："明日一早，本县用过早饭，便径去贵地公署内开堂，务必将与李公子一案有关的文书悉数备好，还须召仵作到场。"

马荣助老爷进入轿中。轿子起动后，狄公讲述了一番从席间听来的关于李公子的消息，自是小心略去骆县令恋上花魁一节不提，只说骆县令将这起案子视为平常公事，确是判断不谬。

“老爷，冯里长的手下却是另有说法。”马荣郑重禀道，接着详述一番虾蟹二人所言。

狄公听罢后，不耐烦地说道：“你那两个朋友定是弄错了。我不是跟你说过房门是从里面锁上的？而且窗上安有栅栏，没人可以钻得进去。”

“不过，三十年前，陶掌柜的父亲也是在同一地方寻了短见，并且也有人看见温掌柜曾在附近出没，听去也太过凑巧了吧？”

“你那一对虾蟹朋友对冯岱忠心耿耿，温源与冯岱明争暗斗，因此他二人对温源心怀不满，是以有此一说，显见得想给温源找些麻烦。今晚我已见过温源，果然人品下劣、为老不尊，看去未必不会图谋陷害冯岱并取而代之。不过杀人害命可是非同小可！既然李公子也与温源沆瀣一气，并与冯岱为敌的话，温源为何要害他性命？你那两个朋友岂不是自相矛盾了！这些纯属他们本地的势力争斗，你我大可不必介入。”狄公说罢，手捋长髯思忖半晌，又道，“那二人所述李公子在乐园中驻留时的行迹，倒是补足了我们尚且不知的情形。我已见过令他为之送命的女子，一日之内居然遭遇两次，实在太不走运！”

狄公讲述了一番在红楼外面的游廊上与秋月邂逅时的情状，接着议论道：“李公子纵然博学多才，却看不透女人的心肠。秋月虽说美貌出众，却是水性杨花、冷酷无情。幸好她只在宴席的后半段方才到场。须得说席上菜肴确实美味得很，我还与陶掌柜和一个名叫贾玉波的秀才分别攀谈过，倒也饶有趣味。”

“那倒霉的秀才不久前刚在赌馆里输掉了全副身家!”马荣说道，“居然只赌了一把而已!”

狄公扬起两道浓眉，“这就怪了！冯岱告诉我说，贾玉波很快便会与他的独生女儿冯小姐成亲!”

“可不是么，这也算是捞回本钱的一个法子!”马荣咧嘴笑道。

轿子终于停在永福客栈门前。马荣从柜台上取了一支蜡烛照亮，二人一路穿过庭院，走过花园，直朝通向红楼的漆黑廊道而去。

狄公推开前厅的雕花门扇，忽然僵立在地，指着左边卧房门下透出的一线亮光，低声说道:“真是怪事！我明明记得临走前已将蜡烛吹熄。”弯腰一看，又道:“插在锁孔里的钥匙也不见了。”

马荣将耳朵贴在门板上，“里面静悄悄的，听不见一点响动！要不要我来叩门?”

“不如你我先从窗外观望一下。”

二人疾步穿过花厅，出了后门走到游廊上，蹑手蹑脚来到安有栅栏的卧房窗下。马荣伸头一看，禁不住骂了一声娘。

只见床前的大红地毯上，仰面躺着一个赤身女子，四肢伸展，头转向内侧，因此看不见脸面。

“莫非人已死了不成?”马荣低声问道。

“胸脯看去一动不动，”狄公将脸贴在铁栅上，“你瞧，钥匙就在锁孔里!”

“这屋子真是见了鬼，居然又有一人自杀身死!”马荣惊叫道。

“还不知道是否自杀，”狄公低声说道，“我似是看见那女子的脖颈一侧有一块瘀青。你去前面跑一趟，让管事马上叫冯岱过来，立刻就去！不过你我眼中所见，一个字也不要提起。”

马荣领命离去后，狄公又朝房内看觑。只见大红床帷拉起，仍是临走前的模样，不过枕边有一件叠起的白纱长裙，旁边的椅子上也放着几件女人衣物，都是叠得整整齐齐，床前还有一双小巧的缎鞋。

“这可怜的女子!”狄公轻声叹道，“一向心高自负，总以为自己十拿九稳！如今却已一命归西了。”

狄公离开窗口，踱到栏杆旁坐下。从仙园饭庄方向隐隐传来弹唱与说笑之声，良宵未尽，宴乐正酣。仅仅几个时辰之前，秋月还曾傲立在这栏杆旁，恣意炫耀自己撩人的玉体，虽说虚荣自负，但也不能苛责过甚，因为并非只是她一人的过错。在这乐园之中，处处皆是对美色的过度恭维，对肉欲的狂热膜拜，对金银的贪婪渴求，足以令一个女子娇纵成性，并以扭曲的态度看待世事。身为乐园花魁，秋月的遭际实是令人扼腕。

一时冯岱匆匆赶到，狄公这才如梦方醒。除了马荣与店内管事，另有两名壮汉同来。

“请问老爷出了何事?”冯岱急急说道。

狄公朝卧房窗户一指。冯岱与管事趋至近前，看罢不由惊叫一声，倒退数步。

狄公起身离座，对冯岱命道:“叫你的手下将门打开!”

前厅内，冯岱的两名手下用力撞门，却是纹丝未动，马荣也上去帮忙，终于撞裂了门锁周围的木板，门扇方才开启。

“你们都留在这里!”狄公命道，然后独自跨过门槛，先审视一下侧卧在地的女尸，白皙的肌肤上未见一点伤痕或血迹，面貌却已扭曲变形，看去十分骇人，两眼呆滞，一对乌珠凸出于眼窝之外，死前定是遭遇到什么可怕的情形。

狄公走入室内，屈身蹲在尸体旁边，伸手试试左乳下方，发觉尚有余温，想必应是死去不久，抬手阖上死者的两眼，再细看喉头处，只见左右两侧各有一片青紫瘀伤，定是有人掐过她的脖颈，却未留下指甲印。尸身玲珑圆润，未见任何暴力痕迹，只在前臂上有几道浅浅的抓痕，看去刚刚划过不久，狄公分明记得秋月在游廊上搔首弄姿、迹近裸裎时，手臂上还没见有这伤口，随后将尸身翻转过去，浑圆的后背更是一片白璧无瑕。最后仔细查看过两手，精心养护的长指甲丝毫无损，甲缝中只夹有几丝地毯上的红绒。

狄公起身环视房内，不见有任何打斗过的迹象，这才示意门外诸人进来，对冯岱说道："白鹤楼宴席过后，秋月来这楼中，显见得是想要自荐枕席，引我上钩。她先前误以为骆县令要为她赎身，如意算盘落空后，又转而打起了我的主意。她在这里独自等候时，不料却发生意外，眼下只能说是意外身亡，因为看来没人曾进入房内。让你的手下将尸身送到公署里去，等候进行尸检。明日一早，我自会升堂查案，务必传话给温源、陶盼德和贾玉波，让他们悉数到场。"

冯岱领命离去后，狄公对管事问道："这女子进入客栈时，可曾有人看见过?"

“没有，老爷。从花魁住处到敝店，确有一条捷径，直通向后面的游廊。”

狄公走到床边，抬头细看床帷幔帐，只见床架高过寻常尺寸不少，又轻叩后墙上的镶板，未闻有空洞之音，转头一瞧，那管事正盯着地上的雪白尸身不住看觑，几乎挪不开眼，不禁怒斥道：“休得站在那里看个没完！你说实话，这床架上有没有供人偷窥的秘密机关？”

“真的没有，老爷！”管事又瞥了一眼死尸，嗫嚅说道，“先是李公子，如今又是花魁娘子，小人……小人实在想不出这……”

“就连本县也想不出！”狄公插言道，“卧房的另一边是什么地方？”

“回老爷，什么也没有！小人的意思是说，那边没有别的屋子，只是一堵山墙和花园。”

“这房中以前可曾出过什么怪事？照实说来！”

“老爷明鉴，从来没有！”管事带着哭腔答道，“小人在这里做事已有十五六年，楼中曾住过上百位客人，从没听见谁抱怨过一句。不知究竟……”

“拿登记簿来给我过目！”

管事连忙领命退下。这时冯岱的手下抬入一副担架，先拿一张毛毡裹起尸身，随后抬了出去。

狄公细细查看过秋月的蓝紫色长裙，两条长袖中，除了一只装有发梳与牙签的常见锦匣、一摞名帖和两方罗帕之外，别无他物。这时管事挟着登记簿转回，狄公大声命道："放在桌上！"

房内只剩下马荣时，狄公走到桌前坐下，疲惫地长叹一声。

马荣从茶盘中取出茶壶，为老爷倒了一杯热茶，又指着另一只边沿残留有红印的杯子，随口说道："那女子在死前曾喝过茶水，不过只是一人独饮，因为我刚刚满上的这只杯子未见有人用过。"

狄公猛地放下茶杯，断然说道："将这茶水倒回壶内，告诉管事，去找一只病猫或病狗来，再给它喂上几口。"

马荣领命出去，狄公将登记簿册挪至面前，打开翻阅起来。

不料马荣片时即归，摇头说道："回老爷，茶水却是好好的。"

"晦气！我本想或许有人与秋月一同来到楼中，临走前在茶壶中投了毒，后来秋月锁上房门，独自饮茶下肚，这是唯一合情合理的死因。"狄公说罢，靠坐在椅背上，郁郁不乐地捋着长髯。

"老爷，我倒有个疑问，死者喉头处的青紫伤痕又是怎么回事?”

“那些青斑只在皮肤表面，并且不见有指甲印，可能是由于某种不明毒物引起，而不会是有人动手想要掐死她。”

马荣忧心地摇摇头，忐忑问道:“老爷看来可能出了何事?”

“死者手臂上有几道长长的抓痕，与李公子手臂上发现的伤痕颇为相似，且同是原因不明。这一对男女都在此间丧命，二人之死定有某种联系。此事真是古怪至极！让我好不心烦。”狄公说罢，手捻颊须思忖半晌，又坐直起来，接着说道，“方才你出去时，我仔细看过这登记簿。最近的两月之内，红楼前后共住过三十来个房客，所有条目旁边都注有女人的名字，下面还用红笔标有额外的钱数，你可知道这是何意思?”

“这个好说！表明那些房客曾带姑娘前来过夜。至于标明的钱数，则是那些姑娘应付给客店的抽头佣金。”

“原来如此。本月十九日，李公子入住的头一晚，与一个叫做牡丹的女子过夜，其后两晚则是玉花，再后两晚是石竹，死于二十五日晚上。”

“正是独个儿白费掉的那晚要了他的命!”马荣说着惨然一笑。

狄公似是听而不闻，兀自沉吟道："秋月的名字倒是未见，让我好生奇怪。"

"定是常在午后风流快活！有些士绅公子，专爱在喝茶时精心造作一番！"

狄公合上簿册，朝房内四下漫视，起身走到窗前，伸手摇撼一下窗上的铁栅，又查看过木头窗框，说道："这窗子毫无破绽，没人可以设法钻入，也可排除任何与窗户有关的其他陷阱诡计，因为死者倒地处离窗口足有一丈之遥，身子朝后朝门躺在地上，而并非冲着窗户，头脸微微转向左侧床架的方向。"沮丧地摇一摇头，接着又道："马荣，你还是出去另寻个地方过夜。明天早上天一亮，就去泊船的码头那边，看看能否找到替冯家开船的人，仔细打问一番两船相撞的前后情形，再小心打探有关李公子与温源在河边密谈之事，看看你那两个爱种南瓜的朋友所言是否不虚。我再检查一遍这张大床，然后便躺下歇息，明天仍有许多事情要办，恐怕不得清闲。"

"老爷不会预备要在这卧房中过夜吧？"马荣骇然问道。

"当然就在这里！"狄公暴躁地说道，"如此一来，也可有机会证实房内是否真有什么古怪。你可以出去找地方过夜了，明日再会！"

马荣正欲表示异议，但是一看老爷的脸色，便心知说也无益，于是躬身一揖，出门而去。

狄公独自立在床前，两手反剪背后，只见丝绸薄褥上有不少褶印，伸手轻触，发觉竟是微微潮润，又弯腰嗅一嗅枕面，闻得一股麝香味道，正是宴席上从秋月的云鬓间散出的香气。

事情的前半段倒是不难推想。秋月可能先回到自己的住处，然后从游廊上走入红楼，或许原本意欲在花厅中等候，但是看到卧房的钥匙就留在锁孔里，于是盘算着若在房内会面的话，想必更有一番旖旎风光。她喝过一杯茶，解去外面的长裙，叠好后放在椅子上，过后脱得一丝不挂，将贴身衣物放在枕旁，又坐在床边脱去鞋子，将它们端端正正放在地上，于是上床躺下，专心等候敲门声响起。她定是躺了好一阵子，以至后背沁出香汗，并使得床褥起了皱褶。至于后来发生何事，就难以猜定了。必是有什么状况引起她的注意，并从容翻身下床，因为如果猛跳下地的话，枕头与床褥定会变得凌乱。她刚刚站在床前地上，便发生了可怖之事。狄公想起秋月扭曲的面目与骇极的表情，不禁打了一个冷战。

狄公将枕头推到一边，拉起丝绸床褥，只见下面铺着一层细密柔软的苇席，再下面则是厚实的木板。狄公走到桌前取过蜡烛，发觉自己站在床上时，伸手只能触及床架顶端，用手指关节处敲击几下，没听见有空洞之声，又敲敲床架后方的木板，皱眉打量着上面镶嵌的几张小幅春宫图，将头上的帽子朝后一推，从顶髻上取下长簪，戳一戳镶板间的缝隙，却没能发现任何像是暗门机关的地方。

狄公叹了口气，从床上跳到地下，心想此事实在太过费解，又缓捋长髯，细看床架，心里竟生出一个令人不安的念头。李廉和秋月的手臂上都有几道浅浅的抓痕，这红楼十分古老，莫非真有什么怪兽出没不成？一时间竟又想起以前听过的种种诡异传闻……

狄公将蜡烛迅速放回桌上，小心地抖一抖床帷，跪在地上朝床底看觑，只见下面空空荡荡，连灰尘和蛛网都不见一丝，接着抬手掀起大红地毯的一角，毯下的地砖亦是纤尘不染。显见得在李廉身亡后，这房间已被彻底清扫过。

“莫非真有什么怪兽钻过栅栏，从外面进来不成?”狄公喃喃自语一句，转身走入花厅，从榻上拿起自己的长剑，出了后门走上游廊，在大串的紫藤花丛中一阵刺戳，又大力摇撼枝叶，只见蓝花如云簌簌飘落，仍是全无异样。

狄公转回卧房，关上门扇，将桌案推至门后死死顶住，这才解开腰带，脱下外袍，叠起后放在梳妆台前的地上，先查看一下两支蜡烛，确认可以燃到天亮，再摘下帽子置于桌上，伸伸腿脚躺在地下，用叠好的衣袍权作枕头，将出鞘的长剑放在身侧，右手搁在剑柄上，自己一向睡卧警觉，稍有动静便会立即醒来。

六

马荣告退后，一路走到客栈大厅，只见五六个伙计围成一团，正在悄声议论刚出的人命案。其中一个小后生看去颇为伶俐，马荣上前揪住胳膊将他拽出，打问灶房后门如何走法。

那小后生引着马荣出门走到街上，朝左一拐，直走到一扇带有篱笆的竹门前，进去一看，右边是客栈的外墙，左边是一座荒废的花园，顺墙看去另有一扇门，从里面传来碗碟叮当与哗哗的流水声。

“那就是小店灶房的大门，”伙计说道，“我们下人入夜后才会开饭，就在店内右厢。”

“且朝前走！”马荣命道。

二人即将行至客栈院中的一角时，一片低矮浓密的灌木丛挡住了去路，还有大串的紫藤花从上方垂下。马荣拨开树枝，只见一道窄窄的木制台阶，直通向红楼外面的游廊左端，阶下是一条杂草丛生的小径。

“沿着这条路下去，便是花魁娘娘住处的后门。”伙计在马荣身后探头观望，“她在那里只接待自己中意的客人，听说里面舒服得很哩，布置得也格外漂亮。”

马荣低声咕哝一句，颇费了些气力才穿过灌木丛，来到游廊前树木稍稍稀少的地方，从此处可以听见老爷正在卧房里走动。马荣回头一瞧，见那伙计正紧跟在自己身后，便竖起食指放在唇边，示意他不要出声，随后在树丛里迅速查看一番。不愧以前曾出没绿林多年，他几乎没弄出一点响动来，确定无人藏匿后，再往前挪动几步，直至穿出树丛，走到一条宽阔的大道上。

“这是园林中的大路，”伙计说道，“要是朝右走，便会出去直上大街，正在小店的另一边。”

马荣点点头，想到任何人都可能从外面悄悄接近红楼，甚至潜入其中，不禁有些放心不下，寻思要不要就在这树下睡上一夜，但是老爷想必今晚自有打算，已命令自己出去另找住处。且罢，总算是查看了一通，至少可以确定没有恶人藏在此处伺机惊扰老爷。

马荣回到客栈正门前，又问那伙计宝蓝阁如何走法，听去却是坐落在南边，就在白鹤楼后面某处，于是将帽子朝后一推，沿街大步向前。

此时已过午夜，所有赌馆饭铺却仍是灯火通明，街上人来人往，喧闹熙攘，未见稍歇。马荣经过白鹤楼，朝左而行。

马荣拐入后街，发觉此处竟十分僻静，两旁的二层房舍皆是黑漆漆的，不见有人走动，留神细看门上的铭牌，只标有品级与数目，心知这里定是歌伎与粉头们的住处，以各自的品级分成不同院落，在此食宿并习艺，外人一概不得入内。

“宝蓝阁一定就在附近。”马荣低声自语道，“离献艺的地方这么近，真是方便得很哩！”

马荣忽然停住脚步，听到从身后左边一扇关闭的窗户内传出呻吟之声。他将耳朵贴在木头遮板上，闻得声音时断时续，定是有人正在遭难，并且很可能孤立无援，因为同宿之人一般到天亮才会回来。马荣迅速打量一眼前门，只见铭牌上写着“二等，四号”，厚实的大门却是紧紧锁住，抬头一瞧，只见房舍正上方有一道窄窄的阳台，于是撩起衣袍下摆掖入腰间，从地上一跃而起，手抓阳台的边沿，轻轻引身上去，翻过栏杆后看见一扇槅门，上去一脚踢开，里面是一间小屋，弥漫着胭脂水粉的香气。马荣在梳妆台上找到蜡烛和火镰，点燃蜡烛，走到外面，快步奔下窄窄的楼梯，进入漆黑的大厅中。

左边一扇门下透出一线亮光，呻吟声正是从那里传出。马荣将蜡烛放在地上，走进门去。阔大的房内空空荡荡，只点了一盏油灯照亮，六根粗大的柱子支撑起低矮的房顶，地上铺有芦席，对面墙上挂着一排月琴、竹笛等乐器，显见得是歌伎们习艺的地方。声音正是从最远处靠近窗户的柱子那边传来，马荣赶紧奔上前去。

只见一个女子半吊在一根圆柱上，浑身赤裸，面朝柱子勉强站立，双臂举过头顶，两手被一条女人用的丝绦紧紧缚住，丰满浑圆的后背和腰臀上显出道道红肿伤痕，一条阔腿裤与一根长长的裤带堆在脚边。女子听见有人过来，并未转头，开口叫道："不不，还请不要……"

"别出声！"马荣粗声粗气地说道，"我是来救你的。"

马荣从靴筒里抽出匕首，三下两下割断了丝绦。女子想要倚柱支撑一下，却是有心无力，立时便瘫倒在地。马荣暗骂自己竟如此呆笨，赶紧蹲下细看，只见她双目紧闭，已然昏厥过去。

马荣上下打量几眼，不禁赞道："好个俊俏的小娘儿们！不知遭谁人毒打，衣服又弄到哪里去了？"说罢转头四顾，只见窗下有一堆女人衣物，于是拣来一件素白中衣盖在女子身上，复又坐在地上，为她推拿揉搓青紫的手腕。

过了半日，那女子动动眼皮，张口正欲叫喊，马荣连忙说道："小姐只管放心，我乃是衙门里做公的，你是何人？"

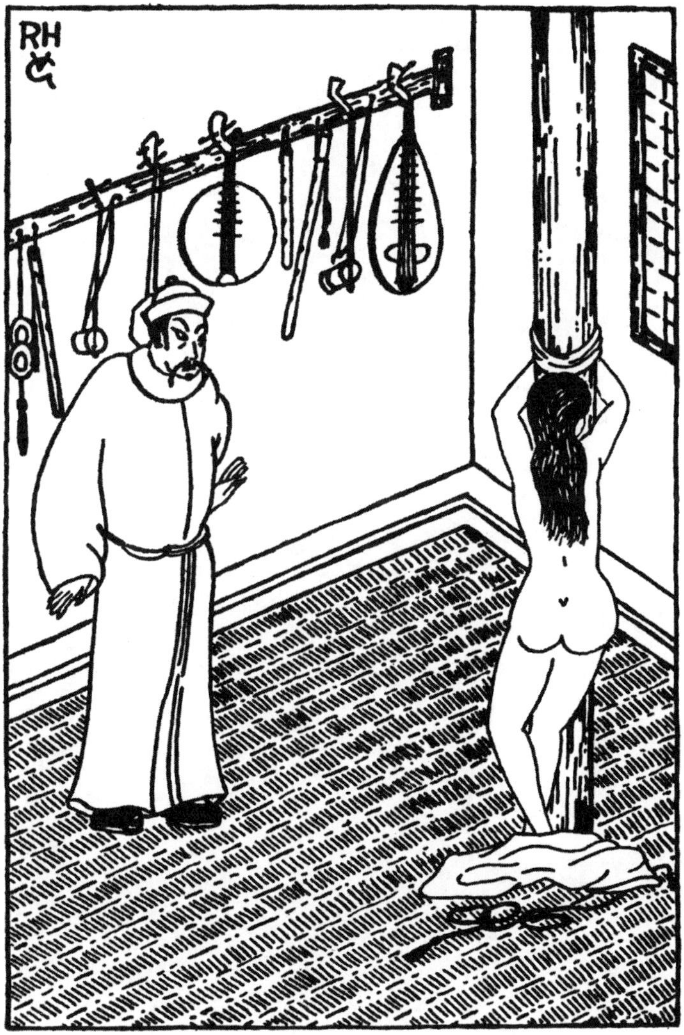

宝蓝阁马荣救银仙

女子意欲坐起，却痛得惨叫一声，只好再度躺下，颤声答道："小女子是个二等歌伎，就住在楼上。"

"是谁将你毒打了一顿？"

"这个不值一提！"女子迅速说道，"全是我自己的过错，只是自家私事而已。"

"这可说它不定，姑且走着瞧，问你的话从实说来！"

女子惊恐地望了马荣一眼，轻声说道："真的没有什么。小女子今晚出去侍宴，同去的还有秋月小姐，就是我们的花魁娘娘。我一时手笨，将酒水洒在一个客人身上，花魁娘娘训斥了我几句，又打发我去梳妆室内。后来她也离席出来，将我带到这里，开始抽了我几记耳光，我想要躲闪时，不意竟抓伤了她的胳膊。她向来脾气火爆，于是便大怒起来，命我脱去衣服，将我捆在这柱子上，又取下我的裤带抽打了几下，说是回头再来松绑，让我先好好反省一下自己的过失。"说到此处，双唇开始颤抖，喉头吞咽数下，方才接着叙道，"不过……不过一直没见她回来。我实在支持不住，胳膊也变得十分酸麻，心想她可能全忘了我还被关在这里，又生怕……"说罢泪如雨下，一时情急，话语中竟带出了浓重的乡音。

马荣用自己的袍袖为女子揩去泪水，操着家乡话说道："银仙姑娘莫怕！我和你是同村的乡亲，正是来照应你的！"

见她面露惊异之色，接着又道："也是天缘巧合，让我正好经过此处，听见你在呻吟。秋月不但今夜不会回来，以后也不会再来了！"

银仙以手撑地，勉强坐起，一时竟顾不得衣服滑落以致上身半裸，屏息问道："她出了什么事？"

"已经死了。"马荣肃然答道。

银仙低头掩面，复又哭泣起来。马荣困惑地摇摇头，想到自己从来搞不懂女人的心思，不觉心中沮丧。

银仙抬头凄然说道："花魁娘娘竟然死了！她生得那般美貌，且又聪明过人……虽说有时也会打骂我们，不过常常是又和气又体贴人意。她身子骨不算太结实，莫非是突然发了病不成？"

"天晓得到底怎么回事！如今且说说我的来历如何？我爹是个船夫，名叫马良，我是家中长子，就住在村子北边！"

"竟有这事！如此说来，你就是撑船的马家叔叔的儿子了！我爹姓吴，开了一个肉铺，我是家中次女，记得听我爹说过，马叔叔在周围一带撑船撑得最好。你又怎么会到这里来的？"

"我与我家狄老爷一道前来，今晚刚到此地。狄老爷是邻县蒲阳的县令，如今在这里暂理主事。"

“我知道狄老爷，在晚宴上已经见过了，人看去十分和气，性情沉静。”

“和气倒是真和气，不过要说性情沉静——我跟你讲，他有时可是壮健活跃得很哩！我且扶你回房去，你背上受了伤，非得敷药不可。”

“不不，今晚我可不敢留在这里！”银仙又惊又怕地叫道，“带我去别处吧！”

“你倒是说说能去哪里！我今晚刚到此地不说，又四下奔走了半日，还没给自己找到一个落脚之处！”

银仙轻咬樱唇，郁郁说道：“为何事事都这么难办？”

“去问我家老爷好了，姑娘！我只管做些出力气的粗活。”

银仙淡淡一笑，“罢了，那就送我去一家丝绸铺，在两条街开外，店主是个姓王的寡妇，也是你我同乡，今晚可在那里过夜。你先扶我起来，总得去梳洗一下。”

马荣搀着银仙站起，将白裙披在她的肩头，又拣起其余衣物，一路掖扶着送至房后的盥洗室。

银仙在关门之前，对马荣嘱道：“若是有人来问起我，就说我已经出去了！”

马荣在走廊里等候，直到银仙穿戴梳洗完毕。马荣见她行走艰难，便上前一把抱起，依照她说的方向，出门拐入院后的小巷，又穿过一条窄窄的夹道，来到一家小店的后门口，方才放下银仙，抬手叩门。

一个身板结实的妇人出来应门，银仙连忙上前问好，道是想与这位朋友一同留宿一晚。那妇人没问一句，引着二人直上阁楼，地方虽然狭小，却收拾得干干净净。马荣叫她送一壶热茶、一条手巾和一盒药膏来，然后帮银仙脱去衣服，背脊朝上平躺在窄窄的长榻上。王寡妇转回屋内，一见银仙背后的伤痕，不禁叫道："可怜见的姑娘！究竟出了何事?"

"我自会照料她的，大娘只管放心!"马荣说着，将王寡妇推出门去。

马荣取出药膏，敷在银仙的伤处，手法十分熟练。伤势看去倒是不重，不出几日便会痊愈，不过下面腰臀处却有几道流血的创口，马荣不禁恼怒地拧起眉头，先用茶水清洗过，再涂上药膏，过后在屋内仅有的一张椅子上坐下，开口说道："姑娘那后腰上的伤，可不是用裤带抽出来的!我在衙门里行走当差，自然一看便知！你先前说的可否全是实情?"

银仙一听这话，将脸面埋在交叠的双臂上，浑身颤抖着呜咽起来。马荣拿过衣裙，盖住她的背脊，又道："你们这些姑娘要是自个儿玩什么花样，当然随你们自便，不过至少也要说得过去。但是如果有外人欺负你，那就是官府必须过问的事了。好好跟我说来，到底是谁打的!”

银仙转过头来，泪痕满面望着马荣，伤心地低声诉道：“说来真是不堪！你想必听说过，我们这一行也是分三六九等的，三等四等姑娘遇上无论什么客人，只要人家出钱，就非得接待不可，不过一等二等却可以自己挑选中意的人。我排在二等，因此不必勉强接待不喜欢的客人，但是总有例外，比如那讨厌的古董铺掌柜温老头子便是一个。他是本地的头面人物，有钱有势，好几次前来纠缠，都被我设法躲开了。就在今晚的宴席上，他定是从秋月师父的口中探听得她已将我捆在习艺厅内的柱子上，于是师父走了没多久，这糟老头子便追过来，还说只要我答应做些见不得人的勾当，就会放我下来，见我不肯依从，便从墙上取下一根竹笛抽打起来。师父打我时并没下狠手，只是为了羞辱一番，而不是专施皮肉之苦。不过这可恶的温老头子真是打痛了我，我实在忍不住，便高声哭求饶命，并且答应任他摆布，他这才放手离去，撂下话说过后还会再来，正是因此，我才不敢留在那里。还请千万不要告诉旁人，那温掌柜但凡动一动指头，我便会死无葬身之地!”

“这卑鄙下流的畜生!”马荣怒道，“你且放心，过后我自会收拾他，不会牵连到你的。这恶棍还做过其他不少龌龊勾当，三十年前就开始了，日子真够长的!”

马荣见王寡妇并未送茶杯来，便让银仙就着壶嘴喝了几口茶水。银仙谢过马荣，沉吟道:“但愿我能助你一臂之力，他以前也折磨过其他姑娘。”

“想必你不会知道三十年前出过的事吧?”

“这倒真是不知，我今年才十九岁而已。不过，我认识一个人，她会告诉你许多旧事，是个穷苦的老妇人，人人都管她叫凌姑娘。我跟着她学唱曲子，她虽说眼睛瞎了，又有严重的肺痨病，不过记性甚好，就住在仙岛西边的一间茅棚里，正对着河边码头……”

“可是离阿蟹的南瓜地不远?”

“正是! 你怎么会知道?”

“我们这些衙门里做公的，知道的事情比你想的可要多多了!”马荣得意说道。

“阿虾阿蟹是两条好汉，曾经帮我躲开过那可恶的温掌柜。阿虾还有一身好功夫。”

“你是说阿蟹吧。”

“不，就是阿虾。听说五六个壮汉也打不过他的。”

马荣耸耸肩头，心想跟女人谈论功夫真是毫无用处。只听银仙又道:“说起来还是阿蟹居中介绍，我才认识了凌姑娘，他经常送治咳嗽的药给凌姑娘。那可怜人的面貌全被出痘后留下的疮疤给弄毁了，不过声音却好听得很，三十年前似乎也是这里出名的头等歌伎，最是人见人爱的。这么一个又老又丑的妇人，以前居然是个名歌伎，听去真是叫人好不难过。想想有朝一日自己也会……”说着语声渐低下去。

马荣为了让银仙心绪好转，开始谈起家乡旧事来。说了半日，原来马荣曾在集市中的肉铺里见过银仙的父亲一次。银仙说后来家中欠债，不得已才把两个女儿卖给了人贩子。

这时王寡妇送来新茶和一碟瓜子糖果，于是三人议论起乡中的故交亲友，一时好不热闹。王寡妇正打算长篇大论地讲述她那亡夫的事迹时，马荣忽然发觉银仙已然睡去，便对王寡妇说道：“这位大娘，我们不如就此打住！明早天亮之前我就得出门，不用烦劳你准备早饭，我自会在街边买上几块油糕。回头告诉银仙姑娘，到了午时左右，我有空会再来看她。”

王寡妇下楼后，马荣松开腰带，脱掉皮靴，躺在床前的地上，伸了一个懒腰，将头枕在自家胳膊上，以前常在各种古里古怪的地方过夜，早已是安之若素，不久便鼾声大作起来。

七

狄公躺在卧房的地上，一夜未能安寝。比起用惯了的厚密软苇床席来，地毯未免太不舒服，过了许久，方才朦胧睡去，然而始终没能睡得安稳。躺下歇息之前，关于这卧房的种种可怖念头在脑中翻来覆去，后来居然又幻化入梦。自己仿佛身处一片漆黑的密林中，四周荆棘丛生，已然不辨东西南北，正发狂般地想要寻出一条路时，忽觉一个冰凉的物事落在后颈，表面生有鳞片，身子还不停扭动，赶紧伸手一把揪下，咒骂一声扔了出去，原来却是一只巨大的蜈蚣，转眼又觉得头晕目眩，定是刚才被那毒物咬了一口，不禁眼前一黑，于是蓦然醒来，发觉自己躺在卧房的床上，大口大口喘着粗气。这时面前另有一个模糊的黑影袭来，将自己狠狠按倒在地，散发出一股带有腐味的恶臭之气，一只黑色触角在自己身上游走，以一种盲眼怪兽所独有的缓慢然而坚决的方式朝喉头摸去，似是深知手中的猎物无法逃脱。就在快要窒息时，方才猛然惊醒，身上已是汗出如浆、衣衫湿透。

狄公发觉自己只是做了一场噩梦，不禁长出一口气，正想坐起来揩揩满头大汗，忽又停住不动。室内确有一股令人作呕的臭气，蜡烛也已熄灭。眼锋扫过之处，似有一个黑影从窗外掠过，窗口被园林里的灯光映得微微发亮。

狄公脑中一闪，以为自己仍在梦中，旋即恍悟如今已完全醒转，不由得紧紧握住剑柄，躺在地上一动不动，定定地凝视着窗户四周，同时竖起耳朵仔细谛听。从床架方向传来轻轻的刮擦声，接着在头顶上方的天花板附近又是“啪嗒”一响，外面游廊上亦有木板发出的嘎吱声。

过了半晌，狄公从地上悄悄爬起，未弄出一丝响动，仍旧蹲伏在原地，手中拿稳长剑，只见周遭一片寂静。他突然一跃而起，靠墙立在床架对面，迅速环视一下，见桌案依旧立在门口，房中并无他人，便三步两步奔至窗前，透过铁栅看去，只见游廊上空空荡荡，唯有紫藤花串在微风中轻轻飘摇，抽抽鼻子一嗅，发觉仍有一股臭气，不过如今想来，多半是两支蜡烛被风吹熄后散出的油烟味。

狄公掏出火镰，重又点亮蜡烛，端起一支走到床边，见并无任何异物，踢了踢一只床腿，又听到轻微的刮擦声，应是耗子在作祟，举起蜡烛细看粗大的横梁，那啪嗒声想必是蝙蝠发出，原本倒挂在梁上，如今已从栅栏间隙飞出窗外去了，只是刚才看见的黑影，比起以往见过的任何蝙蝠都要硕大许多。狄公无奈地摇一摇头，将桌案从门后推回原处，出了卧房走入花厅。

通向游廊的后门并未关闭，原是狄公有意要敞开，好让清凉的夜风吹入室内。狄公走上游廊，抬脚试探卧室窗前，确有一块木板踩上去嘎吱作响，发出的声音与方才耳中所闻一模一样。

狄公凭栏遥望空寂的园林，一阵凉风吹动树上悬挂的彩灯，此刻定是午夜过后多时，连仙园饭庄内也已悄无声息，不过二楼仍有几扇窗户发出亮光。想起熄灭的蜡烛、气味、黑影以及耗子、蝙蝠发出的响动，原来样样都有合情合理的解释。不过游廊地板发出的嘎吱声，足证有人或是动物曾经从窗下经过。

狄公裹紧身上的衣袍，重又走回室内，在花厅的长榻上躺下，这次真是困倦已极，很快便沉沉睡去。

早上狄公醒来时，只见一片阴暗的晨光照进室内，一个伙计正在桌案前忙着预备热茶，于是命他将早饭送到外面的游廊上。夜凉犹未散尽，不过一旦艳阳高照，日光渐强，很快便会重又酷热起来。

狄公拣了一件干净的中衣换上，前去客栈中的浴房。如今时辰尚早，里面空无一人，狄公独自在浴池中泡了大半日，回到红楼时，见早饭已经备好，一碗米饭和一碟腌菜摆在游廊的小桌上，于是从旁坐下，正要拿起筷子，却见右手边的紫藤花被人拂到一旁，马荣闪身出来请安。

“你从哪里过来?”狄公惊问道。

“回老爷，昨晚我在这附近查看了一回，发现园林中的大道分出一条小径来，直通到这廊下，左边另有一条路直通向花魁住处。秋月曾说过这游廊是一条回去的捷径，倒也是实情，正是因此，她才会进入卧房而不被客栈里的其他人知晓。不知老爷昨晚睡得可好?”

狄公口中嚼着一片菜叶，心想昨夜的所见所闻所虑，还是不要告诉马荣为上，只因深知这彪形大汉唯一惧怕的便是鬼怪，于是答道:“很好，多承惦记。你今早去码头那边，运气却又如何?”

“也好也不好！天亮时我到了码头，渔人们正在准备出发。冯家的大船就泊在岸边，船身已经修过，正要准备刷漆。管船的倒是个爽快人，引着我里外看了个遍。这船吃水很深，后面的舱房就如同客店里的上房一样舒服，甲板上还有一个宽敞的平台。我一问起撞船之事，那人立时面红耳赤，越说火气越大。他们的船在将近午夜时被李公子的船撞上，错处全在对方，皆因驾船之人喝得烂醉，不过李公子本人倒很是清醒。冯小姐以为船要沉了，穿着中衣便从舱房里跑出来，直奔到平台上，李公子上前向她致歉，管船的人亲眼看见他二人曾面对面站在冯小姐的舱房门口。

“两家的船夫足足折腾了一整夜，将近天亮时，总算使得李公子的船能够拖着冯家的船回到码头。那里只有一乘坐轿，被冯小姐和她的侍女先雇去了。李公子与那一帮狐朋狗友等了半日，才坐上轿子，一路去往客栈。众人等候时，五个阔少坐在大舱房中消受那些残羹剩饭，唯独李公子精神格外健旺，在码头周围四处转悠。不过没人瞧见过温掌柜。”

“可见你那一对虾蟹朋友全是编派，只为说些温源的坏话。”狄公淡淡说道。

“说不定真是如此，不过关于南瓜地，他二人却是所言不虚。虽然今早河上有雾，我还是看见他们在那边走来走去，阿虾上蹿下跳，直如发癫一般，不知到底在做甚。我还瞧见了那个患有麻风病的老乞丐，站在河边冲着一个船夫叫嚷，因为人家不肯载他过河去。不得不说那老乞丐骂起人来，倒挺像个体面的士绅，听他说话还真是颇为得趣哩！最后见他摸出一块银子给船夫，奈何那人道是宁肯受穷，也不肯染上疫病，老乞丐只好气冲冲地走了。”

“看来那可怜人手里倒是不缺银钱，”狄公议论道，“昨晚我给他几枚铜板，他也不收。”

马荣摸摸下颏，接着叙道："再说回昨天晚上，我正巧遇到一个名叫银仙的姑娘，她说在白鹤楼里见过老爷。"见狄公点头，便讲述了一番如何发现银仙被捆在厅内，秋月和温源又如何先后打骂过她。

"原来秋月对温源说的是把银仙交给他随意摆布！"狄公怒道，"我看见她归席时曾对温源附耳说了几句，想不到这女人的心肠竟如此冷硬狠毒。"禁不住揪揪长髯，又道："无论如何，秋月手臂上的抓痕总算是有了说法。你可否将那姑娘安置在一个妥当的地方过夜？"

"正是，老爷。我送她去了一个寡妇家中，那人是她的老相识。"马荣生怕老爷接下去会问自己在何处过夜，连忙又道，"银仙跟一个叫做凌姑娘的学唱曲，还是阿蟹介绍她认识的。那凌姑娘以前也是这里的歌伎，虽说如今又老又病，不过三十年前可是出名的美人儿。若是老爷想要打听陶掌柜父亲自尽一事，没准儿从凌姑娘那里能问出不少话来。"

"马荣，你果然办得极好。至于那桩陈年旧案，虽说发生在很久以前，但也是在红楼内，看来此处颇有古怪，凡是有关情形，都值得听上一听。你可知道凌姑娘住在哪里？"

"她就住在阿蟹家附近，我可以去问阿蟹。"

狄公点点头，命马荣将墨绿官服取来，再命管事去叫一乘雇轿等在门口，好送自己前往冯宅。

马荣哼着小曲一路走向大厅，想起早上离开时，银仙尚未醒来，睡态看去亦是那般娇美，真想午时再见她一面，不禁自言自语道:“我竟会如此中意这个姑娘，真是可笑煞人。跟她除了说话，还从未有过什么举动，一定是因为我们曾经同村的缘故!”

八

轿子停在大街北边一座宏大的庙宇前，狄公与马荣从轿中下来。昨日刚刚进入乐园时，狄公路过此处，便已留意到华丽的汉白玉门前那几根高高的朱漆大柱。

“这庙里供奉的是哪路神仙?”狄公对轿夫长问道。

“回老爷话，正是财神爷！但凡有游客来到此地，在去赌馆碰运气之前，都要先到这里上香祝祷一番哩。”

冯家正在财神庙对面，看去深宅大院，环绕四周的高墙新近才粉刷过。冯岱出来恭迎贵客，庭院内白色云石铺地，对面是一幢二层房舍，占地颇大，还有一座牌坊式的木制雕花门楼，楼顶上铺有铜瓦，在晨光中闪闪发亮。

冯岱引着狄公去书房中稍事休息。与此同时，管家带马荣前往位于东厢的里长官署，先去查看堂上是否一切准备妥当。

书房轩敞华美，冯岱请狄公坐在一张乌木雕花茶几旁。狄公呷了一口香茶，饶有兴致地打量着对面的书架。书架几乎占去了整个墙面，上面排满一摞摞书册，不少书中还插有纸签。冯岱顺着狄公的目光瞧去，不禁苦笑道："老爷明鉴，小人可不敢以学者自居。这些书皆是早年购入，只不过想着一间书斋里总得有些藏书才是！名为书房，实则被我用来会客。不过吾友陶盼德倒是常来查阅典籍，他对经史都很有兴趣。小女玉环也不时光顾，如今学了些吟诗作对之法，平日里甚喜读书。"

"如此说来，令嫒与贾生真可谓是'姻缘天定，珠联璧合'了，"狄公笑道，"我听说那后生赌运不济，不过想来应是富家子弟吧。"

"并非如此。贾生虽然输掉了全副身家，却是因祸得福！当日他前来拜会我，想要借些银两继续奔赴京师赶考，不巧被小女撞见，竟对他一见钟情。此事令我甚为欢喜，只因小女已将满十九岁，以前凡是有人上门提亲，一概遭她回绝，这次总算有些消息。我又邀请贾生来过家中几次，并设法让他与小女彼此见过。后来陶掌柜对我道是贾生对小女亦是念念不忘，愿作中人促成这桩婚事。要说钱财方面，我总还薄有几分家资，心中唯愿这个独生女儿将来婚姻美满。贾生既是半子，自会令他应有尽有！"说到此处，冯岱住口不语，清清喉咙，犹疑片刻后问道，"对于花魁猝死一事，不知老爷可否已有定见？"

"在了解所有相关情形之前，本县从来不会先存定见。”狄公断然答道，“眼下先要听听尸检结果，还想听到更多关于李公子的消息。你且说说他为人如何！”

冯岱若有所思地捋着长长一绺颊须，徐徐答道：“回老爷，我只见过李公子一回。就在十九日当天，他独自来到敝宅，与我商议如何解决两家船只在河中相撞一事。生得倒是仪容俊美，不过看去趾高气扬，且对自己的显赫身份颇为自得。看在以前曾与其父李纬经相识的分上，我对此一笑置之，并不与他计较。说起他的父亲李公，当年却端的是品格不凡、出类拔萃！不但相貌英俊，且又身材健壮、孔武有力，更兼谈吐机智、人情练达，昔年往来于京师时，常在途中驻留此地，歌伎舞姬们无不倾动，争相追逐。不过他深明事理，自知既然有望进入御史台供职，德行人品上就必须无懈可击，不知令这里多少女子肠断心碎哩！老爷想必也听说过，二十五年前，李公娶了一位高官之女为妻，后来又被任命为御史大夫，六年前致仕还家，定居在一座乡间别墅中，就在乐园以北的山间。可惜李家连年庄稼歉收，且又投资不利，听说耗去不少家财，不过据我想来，名下的地产仍应收入颇丰。”

“本县从未与李公谋过面，不过听说他十分精明干练，后来因为身体不佳，不得已辞官回乡，实在可惜得很，却不知得了什么病？”

“回老爷，这个我也不知。听说闭门不出已将近一年，想必病得不轻。正是因此，李公子出事后，由其叔父前来收尸，昨晚我已对老爷禀过。”

“有人却说，这李公子似是不会为了女人而寻短见。”

“不会为了女人，却会为了自己！”冯岱说着诡秘地一笑，“正如我方才所言，他这人极其自负，被花魁回绝一事不日便会传遍州内，想来正是自尊心大为受挫，才会使得他引颈自裁。”

“言之有理。”狄公赞道，“还有，那位叔父可曾带走了李公子的一应文书字纸？”

冯岱一拍前额，出声叫道：“老爷这话倒是提醒了我！在死者桌上找到的文书一类物事，当日忘记交给那位叔父了。”说罢站起身来，从书桌的抽斗内取出一个褐色纸包。狄公打开浏览检视一遍，半晌后抬头说道：“李公子为人行事倒是井井有序，录下了几日内的所有花销，甚至包括付给陪宿女子的赏钱，在此处可见玉花、石竹、牡丹的名字。”

“这几个全是二等歌伎。”

“在二十五日，李公子与这三个女子清了账，不过，花在秋月身上的开销却未见录入。”

“李公子举办的所有宴席，秋月都曾到场，不过这费用通常计入给饭馆的账单之中。由于他二人的交情……更为密切，秋月又是头等歌伎，客人一般会在临别时赠她礼物，如此一来，便可抹去……嗯嗯……这层交情上的铜臭气。”冯岱显然意识到谈论自家生意的这些鄙俗之处，实在有失体面与身份，不禁面露痛色，迅速拣起一张纸片，送到狄公面前，“这便是李公子随手涂下的，足证他最后魂牵梦萦的全是花魁秋月。正是因此，我才召了秋月前来问话，于是秋月吐露李公子曾提出为她赎身，并且遭她回绝。”

狄公仔细端详，看得出李廉先是试图一笔画出一个圆圈来，接着又努力重来一次，之后在底下连书三遍“秋月”二字。狄公将纸片纳入袖中，起身说道：“你我该去公堂了。”

里长官署占去了宅院的整个东厢。冯岱引着狄公穿过公廨，只见四名吏员正伏在案上振笔疾书。前方是一座高大轩敞的厅堂，门扇敞开，前面立着几根朱漆大柱，对面一个齐整雅致的花园，六人正站在那边等候。狄公认出陶盼德、温源与贾玉波，其他三人则从未见过。

众人行过礼后，狄公在案桌后的太师椅中坐下，打量一眼公堂上下，见陈设华丽逾常，不禁面露不悦之色。案桌上铺着昂贵的大红绣金织锦，摆放的文房四宝也皆是值钱的古董，精美的石砚、翡翠镇纸、檀香木印匣和象牙笔管的毛笔更该成为私人藏品，而并非出现在官衙内。地上铺有五色地砖，后墙处立着一面硕大的折叠屏风，遮蔽了整个墙面，屏风上绘有金黄宝蓝二色的水云纹样。狄公一向认为官衙陈设应一力从简，藉以向百姓昭示不曾将民脂民膏花费在不必要的奢靡上，却不料在这乐园之中，居然连官署也是公然炫耀富贵繁华。

冯岱与马荣分立于案桌两头，录事已在靠墙放置的一张低桌旁就座，另有两个从未见过的生人行至案桌前，分左右端立在地，手持长长的竹棍，看去应是冯岱手下的编外衙役。

狄公浏览过铺在面前的文书，一拍惊堂木，宣道："本县暂代金华县衙理事，如今开堂审案。先来说这文士李廉一案，本县面前的公文，便是骆县令拟定的案录，注明李廉因为一厢情愿、恋慕乐园花魁秋月却未能遂愿，灰心失意之下，于本月二十五日自尽身死。从所附尸格中，本县得知李廉是用自己的匕首割断颈部血脉而亡，死者面部与前臂有几道浅浅的抓痕，身体并无缺陷，脖颈两侧有两处肿块，原因不明。"又抬头说道："宣仵作上前，关于这两处肿块，本县还要再问几句。"

只见一名老者走到案桌前，留着尖尖一绺胡须，跪地禀道："老爷在上，小民乃是本地药铺掌柜，兼任官衙仵作。至于在李公子尸身上发现的肿块，原是位于脖颈左右两侧，分别在两耳下方，尺寸近于大号弹珠，皮肤表面无异色，且不见被刺过的孔洞，因此必是发于体内。"

"知道了。待确认过几处细节后，便会将此案依例登记。"狄公说罢，一拍惊堂木，"下面再说昨晚发生在红楼内的歌伎秋月猝死一案。先来听听尸检结果。"

"启禀老爷，"仵作再度开口说道，"昨晚午夜前后，小民查验过尸身，死者名叫冯媛，又名秋月。小民以为死因乃是心力衰竭，推测由于饮酒过量而致。"

狄公扬起两道浓眉："仵作接着详述为何会有此论断。"

"回老爷，两月之前，死者曾经两次找小民诊治，说是不时觉得头晕心悸。小民发觉她有气衰力竭之相，便开了一剂旨在舒缓镇静的药物，建议她休养一阵，且杜绝醉酒，并将此事报到妓院行会，后来却得知死者只肯服药，其他一概照旧。"

"老爷明鉴，小人也曾敦促过秋月一切遵照医嘱行事，"冯岱从旁急急禀道，"我等素来坚持要这些歌伎舞姬们听从大夫的建议，也是为了彼此两便。不过秋月执意不肯听从，再说又身为花魁……"

狄公闻言点头，对仵作命道："再往下说！"

"死者除了喉头的青紫斑块与手臂上的划痕之外，浑身上下并无任何暴力痕迹。由于小民听说昨晚死者曾饮酒过度，因而有此推断。想是她上床躺下后，忽然觉得胸闷气短，于是从床上跳到地下，不但拼命吸气，还用两手抓挠自己的喉咙，后来便瘫倒在地，拼着最后一点气力抓住地毯，在指缝间发现的几丝红绒便是明证。综上所述，小民认为死因乃是心病猝发。"

狄公对录事示意一下，于是录事大声念出记下的陈述。待仵作在笔录上按过指印后，狄公命他退下，又对冯岱问道："你可知道秋月的家世来历？"

冯岱从袖中取出一卷文书，答道："回老爷，今日一大早，小人命手下将秋月的所有文书从行会里送来，"展开翻看几页，接着又道，"秋月之父本是京师长安里的一个小官吏，由于欠下债务，于是将女儿卖给了一家酒楼。秋月生性聪明，又颇通文墨，心知在酒楼里卖身为娼，远不能施展自身的才艺，因此郁郁不乐。后来酒楼主人将她卖给人贩子，身价是两锭黄金，人贩子又带她来到此地，负责买卖的几名主事看过她的歌舞后，出价三锭黄金将她买下，此事发生在两年前。秋月一到这里，立即开始结交过往的著名文人墨客及丹青名家，不久便成为歌伎中的佼佼者。四月之前，几个本地人物聚在一处，决定本年花魁人选，结果一致推举秋月。就我所知，从未有人对她口出怨言，她也从未卷入过什么纠纷之中。”

“明白了。你设法通知死者的至亲，让他们前来认领尸体，并办理丧葬事宜。本县现在想问古董铺掌柜温源几句。”

温源疑惑地望了狄公一眼，上前跪在案桌前。狄公命道：“你且说说，昨晚从白鹤楼告辞离席后，都做过何事。”

“回老爷话，小民昨晚早早离开，皆因与一个要紧的顾客有约在先，为了一张价值不菲的古画，须得与他面议。从白鹤楼出去，小民便径直走回自家店铺。”

“你那顾客是什么人？你二人又商谈了多久？”

“回老爷，那人是个专员，姓黄，就住在这条街的第二家客栈中。不过昨晚我等了半日也没见他来。小民刚才在赶来公堂的路上，顺便去见了他一面，他一口咬定当初约好的日子不是昨晚而是今晚。想必是我两天前与他商定日期时未曾说清，以致有此误会。”

“明白了。”狄公说罢，又示意录事读出温源的口供，温源承认句句属实，随后按下指印。狄公命他退下，又唤贾玉波上前：“秀才贾玉波，你且说说昨晚离席之后做过何事。”

“小民昨晚提前离席，只因觉得身上不适，”贾玉波叙道，“本想去白鹤楼的茅厕，结果却误入歌伎们的梳妆室，又叫一个伙计带路去茅厕，之后便离开白鹤楼，一路行至园林，在里面四处漫步游赏，直到午夜过后大概半个时辰，方才觉得清爽了许多，于是走回客店歇息。”

“以上口供将被记录在案，”狄公说罢，眼见贾玉波在笔录上按过指印，方才一拍惊堂木，宣道，“关于歌伎秋月猝死一案，暂且搁置，以俟日后定夺。”

狄公宣布退堂后，坐在椅中，俯身对马荣低声命道：“你去找那姓黄的专员，然后再去白鹤楼和贾玉波住的客店内，查证他所说是否属实，过后便来回禀。”又转头对冯岱说道：“我想与陶掌柜私谈几句，这里可有什么无人打扰的清静去处？”

“当然有，老爷！小人这就请老爷去那花园亭阁中，地处敝宅后院，靠近女眷内室，外人从来不得进去。”冯岱迟疑一下，略显胆怯地又道，“小人斗胆说一句，不明白老爷为何要将两案暂悬几日。一桩分明是自杀，另一桩则是心力衰竭引起的猝死……小人原本以为……”

狄公含糊说道：“关于这两起案子，本县还须再多了解些内情，说来只是想要圆满作结而已。”

狄县令提审贾玉波

九

亭阁位于花园后方，周围植有高高一圈夹竹桃，半掩于花丛之中。狄公在一张圈椅上坐定，背后立着一扇画有梅花图样的高大屏风，又示意陶盼德在小圆桌旁的椅子上落座，冯宅管家已在桌上摆好了茶盘和一碟糖渍水果。

宅院的一角十分清静，适逢白色夹竹桃绽放，只听得蜜蜂在花丛中飞舞，发出嗡嗡营营之声。

陶盼德敬候县令老爷首先开言。狄公呷了几口热茶，殷勤说道:“本县听说陶掌柜颇富学养，不知在料理完酒肆生意与家务细事后，可还有足够的闲暇用于精研学问么?”

“回老爷，小民有一班经验丰富的手下，且又深可信赖，实乃幸事一桩。酒肆饭铺中的所有日常事务，统统交给他们去打理，加之我尚未婚娶，因此家事倒也颇不繁难。”

“陶掌柜，你我不妨直入正题。本县想说怀疑李公子与秋月均是死于谋杀，且很有几分把握。”

狄公说话时紧紧盯住陶盼德，却见对方神情漠然，丝毫未改，镇定地回道："在这两起案子中，外人均不可能进入房内，老爷对此又如何解释？"

"确实无法解释！不过，本县亦是无法解释为何李公子接连五晚都与其他女子同寝，却又忽然迷上了花魁秋月，以至于被拒后竟会自寻短见！也想不出为何秋月捏住自己喉头时，又长又尖的指甲竟然没在肌肤上留下任何印记。这两起案子必是大有隐情。"狄公见陶盼德缓缓点头，接着又道，"本县听说令尊当年不但也是在红楼里自寻的短见，而且与李公子的情形颇为相似，虽然只是隐约推测，却认为或许能提供些线索。本县完全体会得一旦旧事重提，对陶掌柜来说将是何等痛楚，不过……"说到此处，有意语声渐低下去。

陶盼德并未答言，似是陷入深思，最终下定了决心，抬头徐徐说道："老爷明鉴，先父并非自尽身亡，而是被人谋害了性命。这桩惨事在我一生中投下的浓黑暗影，唯有寻到凶手并将其法办后方可消去，身为人子，誓与杀父仇人不共戴天。"

陶盼德略停片刻，两眼直直望着前方，又道："当时我年方十岁，只是一个顽童，却深深记得每一个细处，后来这几十年里，所有情景在脑海中反复重现过不啻千百次。我本是家中独子，父亲对我十分钟爱，亲自教我读书识字。就在那天午后，他刚刚教过我一段史书，将近黄昏时，有人送来一个口信，父亲对我说非得去永福客栈内的红楼一趟不可。他离家之后，我拿起他刚诵读过的书册，发现下面有一柄折扇。我知道他非常喜爱这把扇子，就跑出门去想送给他。虽然我以前从没去过永福客栈，不过那里的管事却知道我是谁，便叫我自己到红楼去。

“我走到那里，只见大门半开，进了卧房一看，父亲瘫倒在右边床前的座椅中，同时隐约瞥见另有一人站在左边墙角处，身穿一件大红长袍。我没太在意那人，只是紧紧盯住父亲胸前的一片鲜血，吓得说不出话来，跑上前去，想看看他是否已经断气，却见一柄小小的匕首刺入喉头左边，一时不觉又惊又痛，恍惚中转头想问旁边的人到底出了何事，那人却已不见了踪影。我奔出去想要叫人，却不慎在走廊里跌倒，想必是将头撞在了墙上或是立柱上。等我再度睁开眼时，人已在山间别墅的卧房中。侍女道是我大病了一场，又逢乐园中天花蔓延，因此由母亲做主，举家迁至这里，还说父亲出了远门，一时不会回来。于是我想自己定是做了一场噩梦，不过，那些骇人的细节，却一直深深刻在脑海中。”

陶盼德端起茶盅一饮而尽，接着叙道：“待我长大成人后，才得知父亲将自己反锁在红楼内自寻了短见。我立时明白过来原来他是被人谋害的，当年见过的那人，正是刚刚做完了卑鄙勾当的凶手。等我奔出门去，他便从房内溜出，又锁起楼门，然后定是将钥匙透过窗上的栅栏扔回房中，皆因我听说案发之时，钥匙就在房内的地上。”

陶盼德叹息一声，抬手捂住双眼，又疲惫地说道：“后来我开始小心地私下查访，但是每次努力，最终都走入了死胡同。头一件便是关于此案的所有官府记录皆已只字不存。当年疫情爆发时，金华县令十分睿智干练，想到天花之所以会迅速蔓延，以青楼妓馆的责任最大，于是下令让妓女们统统撤出，然后将整个地方一把火烧了个干净，里长官署也被殃及，存在里面的案卷统统灰飞烟灭。不过我还查出父亲曾经恋上了一个名叫翡翠的歌伎，当时刚刚被选为花魁，听说也是美貌绝伦，但在父亲身后很快便染上了天花，没过几天就一病不起了。官府案录中说父亲因为遭到翡翠回绝而自尽身亡。在翡翠染病之前，县令曾经召她问话，有人当时在场，跟我说翡翠口称就在我父亲身亡的前一天，她曾明白说过自己另有所爱，因此不能答应父亲为她赎身。可惜县令没有追问她的心上人究竟是谁，只问我父亲为何要去红楼中自寻短见，翡翠回答说定是因为她与父亲以前常在那里会面的缘故。

“我心想杀人动机或许会提供一点关于凶手身份的线索。听说当年追求翡翠的还有二人，一是冯岱，时年二十四岁，另一人是温源，时年三十五岁。温源那时已娶妻成家，过了八年还未有子嗣，众人都说他不能为人事，妓女们也皆知他常以虐待折磨女子为替代，藉以寻求满足，之所以追求翡翠，只为证明自己品味卓绝。冯岱当时英俊潇洒，尚未成婚，对翡翠一往情深，据说打算娶她做正室夫人。”

陶盼德住口不语，两眼失神地凝望着花丛。狄公转头看那屏风，听见后面瑟瑟作响，再竖起耳朵细听时，却又没了动静，心想定是枯叶落地发出的声音。这时陶盼德用硕大而忧愁的两眼重又盯住狄公，接着叙道：“又有谣言隐约暗示说冯岱便是谋害家父的凶手，因为他就是翡翠心仪之人，在红楼里与我父亲撞上，二人激烈争吵，于是一怒之下动了狠手。温源总是隐约其词地暗示此事不虚。但是每每问他证据何在时，他又只道是翡翠亦是知情人，不过为了袒护冯岱，才一口咬定我父亲死于自杀，还说案发时曾在红楼后面的园林中亲眼见过冯岱。如此一来，所有的事实都指向冯岱一人。

“此事对我的打击之深，实在难以言喻。冯岱是家父的多年好友，父亲离世后，母亲有事也往往同他商议，一向信赖有加。母亲亡故后，我已长大成人，他助我继续经营家业，对我而言，直如另一个父亲一般。他若当真是杀人凶手，为何又对死者的家人关怀备至？难道仅仅是出于懊悔之情？或许这全是温源故意散播的谣言，他对冯岱一直怀有敌意，只是为了恶意毁谤？这些年里，我一直被此疑虑折磨，并且几乎每日都会与冯岱见面往还，虽然从未流露过自己的怀疑，但是一直在暗中观望他，等待一句话，或一个手势可以证明他就是我的杀父仇人。我简直不能……”说到此处音声破碎，低头掩面不语。

狄公默然端坐，再度闻得屏风后传来轻微的响动，这次似是丝绸发出的窸窣声，凝神倾听半晌，待到声音消失后，方才肃然说道：“陶掌柜这一番倾诉，本县十分感激，听去确实与李公子的所谓自杀极其相似。我将会深究这其中的关联，在此只想证实几个细节。首先，为何当时的县令办案时认为是自寻短见？你说过此人睿智干练，他一定也曾想到过房门虽然上了锁，不过仍可将钥匙从窗外抛进屋去，或是从门缝底下塞入。”

陶盼德抬起头来，无精打采地答道：“回老爷，当时正赶上天花蔓延，县令老爷忙得不可开交，据说病死者不计其数，路边到处是成堆的尸首。我父亲与翡翠的关系尽人皆知，可以想见县令老爷听过翡翠的陈词后，心想这确是一个简单明了且又合情合理的说法。”

“当你讲述幼年的骇人经历时，说过当你进入卧房时，看见床在右边。不过，如今那床却是靠墙放在左边的。你能否肯定自己看见的真是在右边？”

“肯定，老爷！这景象永远留在我的脑海里。或许店里后来将家什挪动过也未可知。”

“这个本县自会查证。还有一事，你只是瞥见一个身穿红袍之人，但是想必应该认得出那人是男是女吧？”

陶盼德郁郁摇头，“回老爷，这我不敢说定。只记得那人身量颇高，穿一件大红长袍。后来也曾试图打听过当时在永福客栈附近，是否有谁见过类似打扮的人，却是一无所获。”

“男子很少会穿红袍，”狄公沉思道，“大家小姐们身着红袍也只有一次，就是出嫁成婚之日。由此可以推断，屋内之人应是个妓女。”

“回老爷，我也这么想过！我到处打听翡翠是否穿过红裙，但是人人都说从没见过，她更喜好绿色，因为与自己的名号相符。”

陶盼德手捻髭须，半晌无语，过后又道：“只要这一谜团尚未解开，我无论走到哪里，也是不得安宁，若不是深知这一点的话，恐怕早就离开此地了，况且继续经营父亲一手创立的家业，让我觉得至少也算是尽了一份孝心。但是在此度日，着实非常不易，冯岱一向对我亲切有加，还有他的……”说到此处忽然住口，迅速瞥了狄公一眼，接着又道，“如今老爷定已明白，小民在学问上不敢说有任何造诣，只是藉此作为逃避而已，不但逃避眼前这令人迷惑的种种情形，还有时常令我惊惧的……”说罢移开视线，显然正极力自持。

狄公心想不如换个话题，于是发问道：“要说有人对秋月怀恨在心，以至于想要谋害她的性命，不知你有何高见?”

陶盼德摇头答道：“回老爷，我从不在晚间行乐无度，因此只在公事场面上见过秋月几回，看去似是个浅薄而浮躁的女子，不过所有歌伎几乎都是如此，或是由于不幸操此营生而变成了这副模样。秋月艳名远播，几乎每晚都被请去侍宴。听说她以前来者不拒，只是在数月前被选为花魁之后才改弦更张，只陪一些贵客过夜，都是有钱有势之人，而且非得他们苦献殷勤之后方才应允。这些风流韵事，无一发展为深交。就我所知，从未听说过有谁开口要为她赎身。想来众多裙下之臣，皆是被她那一张利嘴吓退。李公子似是头一个动此念头之人。要说有人恨她，根源应是在于旧事，至少是她来到乐园之前。”

凉亭密谈隔屏有耳

“明白了。陶掌柜，本县不好再耽搁你过久，不过我想在此稍稍多坐一刻，将这杯茶水喝完。还请告诉冯先生，就说我即刻便去他的官署。”

陶盼德刚刚走得足音不闻，狄公便从座中一跃而起，朝屏风后面看去。只见一个体态纤巧的少女站在那里，压着嗓子惊叫一声，慌乱地顾视左右，转身欲朝通向花丛的一行台阶奔去。

狄公上前一把抓住她的手臂，厉声喝道：“你是何人？为何在此偷听？”

那女子紧咬樱唇，抬头对着狄公怒目而视，面容端丽聪慧，一双水灵灵的大眼，两弯修长的蛾眉，一头乌发直朝后梳，在脖颈处挽成一个发髻，身着玄缎长裙，样式虽然简素，却衬得身段格外窈窕妩媚，除了耳边戴着两只翡翠明珰，别无其他首饰，肩上围着一条长长的大红披帛。她将狄公的手从自己胳膊上用力拂下，冲口说道：“这姓陶的实在可恶，好一个卑鄙小人，竟敢恶意中伤我爹！我恨死他了！”说话间一双纤足在地上踩踏不休。

“冯小姐稍安毋躁！”狄公断然说道，“你且坐下喝杯茶水再说。”

“我才不要喝什么劳什子茶水！”冯玉环怒道，“有句话只跟你说一回，我爹与陶广之死并无瓜葛，丝毫也不相干，你可听清楚了？无论那开古董铺的老乌龟胡扯些什么鬼话。并且告诉那姓陶的，我不想再看见他，连一次也不见！我心里只有贾生，很快便会与他成亲，无须姓陶的或是别人来居中作伐！就说这些！”

“听去叫人好不为难！”狄公温颜说道，“我敢打赌，你一定也劈头盖脸训斥过李公子一顿！”

冯玉环业已转身走开，闻听此言却驻足呆立，双目灼灼瞪视狄公，厉声问道：“这话是何意思？”

“当日河中两船相撞，”狄公和缓说道，“全是李公子那边的不是，且又耽搁了你整整一晚不得归家，可是如此？看你也不像个羞怯腼腆的娇小姐，必是给了他一顿好教训。”

冯玉环猛一转头，轻蔑地说道：“这你可大错特错了！李公子是个谦谦君子，客客气气跟我赔过不是，我也接受了他的歉意。”说罢疾步奔下台阶，在夹竹桃花丛中消失了踪影。

十

狄公重又坐下，端起香茶缓缓饮尽，心中寻思半晌，对于眼前这些人物，竟生出了一个有趣的念头，不过对于办案似乎并无助益，不禁长叹一声，一路踱回里长官署。

冯岱、马荣已在那边等候，冯岱又将狄公与马荣恭送至轿前。

轿子起动后，马荣禀道:“姓温的老贼在公堂上说从白鹤楼出来便径直回家，这话自然是扯谎，不过其他说法多少倒像是实情，实在可惜得很！姓黄的专员对我道是确实与温源约定晚上见面，不过温源非说是昨晚，姓黄的也就承认可能自己会错了意。说完了温源，再说那贾玉波，他的供词未免太过简略。给梳妆室看门的老婆子说他根本不是一时大意走错了地方，却是上来就打问秋月和银仙可在里面，老婆子答说二人已经离去，贾玉波听罢，二话不说也转身急急走了。他就住在永福客栈旁边的一家小客店里，据店内管事说，昨晚大约交三更时，正巧看见贾玉波从门前经过，还以为他要回房就寝，没承想竟是直朝前走，拐进了客店左边的一条巷子里。那条巷子再往前去，便是花魁的住处——就是刚刚一命呜呼的秋月姑娘。那管事还说将近午夜时，贾玉波才回来。”

“听去颇有古怪！”狄公议论道，又对马荣讲述一番陶盼德所说的其父陶广之死以及对冯岱的怀疑。

马荣狐疑地摇头说道：“这得花不少工夫，才能通通查个水落石出哩！”

狄公听罢未置一辞，一路默默沉思。

轿子在永福客栈门前停下，二人下来走入大厅。矮胖掌柜连忙上前，含含糊糊对马荣说道：“这位马爷，有两位……两位先生想要见你，此刻正在灶房内等候，说是跟甚么咸鱼有关。”

马荣目瞪口呆盯着掌柜，忽然咧嘴一笑，对狄公说道：“老爷，我去听听他们送来的消息如何？”

“你只管去！我这里还有一事要跟掌柜核实，过后你便径去红楼。”狄公说罢，唤过掌柜问话。一个伙计引着马荣朝灶房走去。

只见阿蟹站在最大的炉灶前，手持一只平底煎锅，两个膀大腰圆、上身赤裸的厨子正对着他怒目而视，阿虾与四个帮厨的小童则站在数步之外小心观望。阿蟹将锅内的一条大鱼抛到空中，翻了个身又稳稳接住，正好落在煎锅正中央，用一双蛤蟆眼瞧着两个厨子，郑重说道："这回你们看见应该如何动作了，只须用手腕轻轻一抖即可。阿虾，你来试试！"

驼背阿虾看去十分恼怒，上前接过阿蟹手里的煎锅，照样将鱼朝上一抛又接住，结果一半鱼身落在锅边上。

"又失手了！"阿蟹责备道，"你是用肘部使力，所以才会失手，得用腕子轻抖才成。"一眼看见马荣站在门口，点头示意一下，接着对阿虾说道："再来试一回！"随即拽着马荣出去。

二人直走到花园一角，阿蟹见四下无人，方才低声说道："我和阿虾在这附近当差，料理一个在桌上出老千的家伙。不知马大哥可否想见温掌柜？"

"我才不去哩！今早刚刚见过那张难看的马脸，够我受用好几年了！"

"那我就不妨明说了，"阿蟹又冷冷说道，"若是你家老爷想要见他，可得动作快些，听说姓温的今晚便要出门上路，号称去京师里买些古董。此事是真是假，我也懒得去查实，只是顺便来给你透个消息。"

"多谢老兄通风报信！我也不妨告诉你，我们还没降住那只老狗，须得多花些工夫！"

"果然不出我所料。"阿蟹面无表情地说道，"且罢，我得回灶房去，让阿虾再演练一二，他那手法实在糟糕。你我后会有期。”

马荣穿过灌木丛，走入红楼外面的游廊，见狄公不在房内，便在扶手椅中坐下，高高跷起两脚搭在栏杆上，心满意足地阖上两眼，乐滋滋地揣想起银仙的诸般好处来。

与此同时，狄公正在向掌柜详问有关红楼的来历。

掌柜惊惶地搔搔头皮，缓缓答道：“回老爷话，小民自从十五年前买下这座客栈后，红楼内外从无变动，还与当日一模一样。如果老爷想要变个样的话，小民自然……”

“有没有早年曾在店内做事的老人？”狄公插言问道，“比如说三十年前。”

“大概只有如今门房的老爹了，十年前他们子承父业，皆是由于……”

“带我前去。”狄公命道。

管事引着狄公穿过一个小院，口中含混咕哝了几句告罪之辞。此处人声嘈杂，正是店内下人的住处。只见一个孱弱的老者正坐在一只木箱上晒太阳，留着一把乱蓬蓬的胡须，看见狄公一身辉煌闪耀的墨绿锦袍，不禁两眼发花，正欲起身行礼时，狄公连忙说道：“老人家只管坐下，到了如此年纪，实在不该贸然前来打搅。只因我对老房子一向深有兴趣，想问问有关红楼的旧事，不知卧房内的床架是几时挪到对面墙边的？”

老人捋着稀疏的髭须，摇头答道：“回老爷话，那床架从未挪过地方，至少打我记事起，一直背靠南墙摆放，进门时就在左手边。放在那里最合适，因此一直没有动过。不过这十年我就不敢说定了，没准儿最近搬动过也未可知，如今这些人，总是喜欢把东西挪来挪去。”

“不不，床还放在原处，”狄公安慰道，“如今我就住在楼内。”

“好房子啊，”老人喃喃说道，“在我们店里是一等一的。紫藤应该正在开花，还是老汉我当日亲手种下的哩，总有二十五年了，当年时常干些修剪花木的活计。那紫藤是我从园林的凉亭外挖来的，那凉亭被人拆掉实在可惜，当年老木匠的手艺可真是好得不得了。拆掉凉亭之后，盖起了一座时新的高楼，足有二层，越高越好不是！把那里的树木也都移走了，从此便毁了游廊前的风景，以前站在那里就能看到日落，真是好个景致！在晚上还能看见后面道观中高塔的轮廓，有那些大树在，红楼里也格外湿润。”

“游廊正前方有一排密密的灌木丛，莫非也是老人家亲手种的？”

“那可不是，老爷！游廊跟前就不该种树。地面要是不能保持清爽，就会招来毒蛇和害虫。那些灌木是园林的守卫们种的，真是一起蠢货！我在那里捉到过不少蝎子，守卫们应该把那地方清理干净才对！我更中意视野开阔光线好的地方，尤其是得了风湿病之后。这病突然就发作起来，我还跟我儿子说过，想是……”

“老人家到了这年纪，居然还能如此矍铄，实在令人可喜。”狄公连忙插言道，“听说令郎照料得也十分精心。多谢这一番相告！”

狄公一路踱回红楼。马荣一见老爷，赶紧跳下地来，禀报阿蟹所说的温源预备出走一事。

“千万不可让温源离开此地，”狄公断然说道，“他已犯下证供不实之罪。须得打听一下温家在何处，午后我们便上门走一趟。如今你先去寻那贾玉波，就说我要见他，让他立时过来，然后你自去找个地方吃顿中饭，不过半个时辰后必须转回，还有不少事情要办。”

狄公坐在栏杆旁，缓缓捻着颊须，心中思忖老门房的一番述说，是否能与陶盼德口中的昔年旧事对得上榫，正在苦苦思索时，却见贾玉波走来，面色看去忐忑不安，连连拱手作揖。

“坐下，坐下！”狄公有些着恼。贾玉波在竹椅上坐定，一副垂头丧气的模样。狄公愠怒地上下打量半晌，忽然发问道："贾生看去并不像一个嗜赌之人，为何要下赌场去碰运气？据本县所知，结果却是输得奇惨。"

贾玉波面色尴尬，犹豫片刻后方才答道："老爷明鉴，小生实是个百无一用之人！除了作诗稍有天分之外，实在乏善可陈，过于任情任性不说，还总是听凭自己随波逐流。当日一走进那可恶的赌馆，立时便被里面的浮躁之气攫去了心神，我……我只是欲罢不能！且又无力自制，故此才会……"

"你不是打算要进京赶考、博取功名么？"

"回老爷，小生之所以报名赶考，只因有两个好友报了名，于是我也就跟着凑兴，打算一同前去！我明知自己不是做官的材料，唯愿日后有个安居之处，闲来无事时能读书写字，并且……"贾玉波住口不语，低头注视着自己不停抖动的两手，又郁郁说道，"冯先生对我期许颇高，实在令我愧疚难当！他不但待我十分亲厚，甚至想让我娶他的女儿为妻……所有这些好意，我却看作……看作是累赘一般！"

狄公闻听此言，心想这后生如果不是生性率直，则必是极会做戏，又徐徐问道："今早在公堂之上，你为何说了谎话？"

贾玉波顿时涨红了脸，吞吐说道："老爷这话……这话是何意思？小生……"

"你并非一时粗心误入梳妆室，却是专为去打问秋月的消息，后来又有人看见你走进通往秋月住处的小巷。你是否对她心生爱慕？从实说来！"

"爱慕那个傲气歹毒的女人？小生万万没有！我着实搞不懂银仙为何会对秋月推崇备至。秋月时常虐待银仙和其他姑娘，为了一点小事就要鞭打她们！甚至还以此为乐，实在令人厌恶！在宴席中，银仙将酒水洒在了温老头子的衣袍上，我唯恐她会因此受到秋月的责罚，这才一路尾随而去，还望老爷明鉴。当我经过秋月住处时，见里面一团漆黑，于是就踱到园林中转悠了一阵，正好用来醒脑。"

"知道了。这是店内侍女，来给我送午饭的，我得先进去换一身家常便服，再来用饭。"

贾玉波口中嗫嚅几句，连忙告退离去，面色看去愈发颓丧。

狄公换上一件薄薄的灰袍，坐下用饭时，却几乎食不知味，心思全在别处，又饮了一杯热茶下肚，起身在游廊上来回踱步，忽然面上一喜，驻足喃喃自语道："定是这般情形！如此一来，李廉之死就完全两样了！"

这时马荣走入，狄公欣然说道："你且坐下！我终于明白了三十年前陶盼德之父是怎么死的！"

马荣重重坐下，虽有几分疲累，却是心中欢喜，方才在王寡妇家里，竟又觉出银仙的许多好处来。王寡妇下去准备午饭时，只留下他与银仙在阁楼上，谈论家乡父老之余，诚有胜于叙旧者焉，一时不觉忘情。二人终于下楼后，马荣只匆匆吃了一碗面条，便赶紧回来复命。

"陶广确是被人谋害了性命，"狄公接着说道，"就在那花厅之中。"

马荣寻思半日，方才质疑道："老爷，陶掌柜明明说是在卧房中看见的尸首。"

"那是他弄错了。他说大床靠着北墙放在右手边，而我核查之后，发现卧室里的床架从未挪动过，一直靠着南墙放在左手边。虽然内部格局从无变化，不过三十年前的室外却大不相同，那时并没有遮蔽游廊的紫藤花，也没有仙园饭庄和对面的大树，从游廊看出去，景象十分开阔，还可欣赏到落日美景。"

"想是如此。"马荣口中应道，心思却仍在银仙身上，真是个温柔体贴的好女子，且又深知男人的心意。

"莫非你还不明白？陶盼德当时尚是孩童，且又从未来过这里，只听说之所以被称为红楼，皆因卧房内布置成一色大红。他走入花厅时，正当夕阳西下，映得满室红光，于是便将花厅误认作卧房了!”

马荣转头望向花厅，只见里面一式原色檀香木家具，不禁连连点头。

“陶广在花厅内被害，陶盼德也是在那里看见了父亲的尸身，还瞧见过凶手，那人身穿素白中衣，而并非是陶盼德以为的红袍。陶盼德刚一跑出门去，凶手便将尸体挪到卧房中，顺手锁上房门，再将钥匙从窗栅间抛入室内，造成自杀身亡的假象，并且料到即使陶盼德说出去，也没人会在意一个受惊的小童的说辞。”狄公说到此处，略停片刻，接着又道，“既然那凶手身着白袍，我猜想他必是正与翡翠在卧房中幽会，见情敌陶广突然闯入，于是拿出刀来杀死了陶广。陶盼德说得不错，陶广确是遭人谋害。这也使得我们可以重新看待李廉之死，不但同是一桩伪装成自尽的谋杀案，并且用的手法与三十年前一模一样。李廉亦是在花厅内被害，凶手可以从游廊上轻易进入花厅，然后再从那里神不知鬼不觉地溜走。后来尸体也被挪至卧房中，连同文书信札等物。凶手曾经成功地蒙混过关一次，因此很可能故伎重施！对于查出他的真实身份，这将是一个重要线索!”

马荣缓缓点头:“如此说来，凶手不是冯岱便是温源。

不过这两起案子有一处大不相同。李廉死后，钥匙不是在地上，而是在锁孔里！就是练上十年八年的功夫，也未见得能把钥匙正好扔进锁孔里去!”

“如果冯岱是凶手，我就能解释这一点。”狄公沉思道，“我一直确信不疑，只要能查出谋害陶广与李廉的凶手，便能知道秋月到底遭遇了何事。”紧皱眉头思忖半晌，又道，“对了，在去温家之前，最好先问银仙几句话。你可知道她人在何处?”

“回老爷，就住在白鹤楼后面，她说过今天便会回去。”

“好，前面带路!”

十一

虽是午时刚过，歌伎舞姬聚居的街上却已十分热闹。送信人与工匠在各个院落之间穿梭出入，吹拉弹唱之声四处可闻，可知众女正忙于习艺。

马荣在一扇大门前止步，只见上面写着“二等，四号”。一个面色阴沉的老妪出来应门，马荣道是官府有事要召见银仙姑娘。老妪默默引着二人走入一间狭小的前厅内，然后自去寻人。

一时银仙进来，对着狄公深深下拜，马荣站在狄公身后，朝银仙挤眉弄眼，银仙装作没有看见。狄公示意老妪出去，屋内只剩下三人时，方才温颜说道：“听说你是秋月的徒儿，想是她教你歌舞才艺?”见银仙连连点头，接着又道：“如此说来，你一定知道不少关于秋月的事了?”

“正是，老爷！我几乎天天都能见到她。”

“在秋月一案中，本县尚有一事不明，或许你能帮忙解开这个谜团。据我所知，秋月曾经寄望于骆县令替她赎身，后来发现自己会错了意，失望之余，立时转而另觅他人，足见急于寻到一个如意郎君以托付终身，可是如此？”

“是的，老爷，她一心盘算这事，还时常对我和其他姑娘们说，当上花魁之后，正是寻个有钱的靠山并从此过上安稳日子的最好时候哩。”

“果然不错。既然有此一说，为何像李公子这般人才出众的富家公子有此心意，却又遭她拒绝？”

“回老爷，这事我也一直想不透呢！还与其他姑娘议论过，我们一致认定花魁娘娘必是有什么特别的缘故，不过也只能凭空猜测罢了。他二人的来往，全是神不知鬼不觉，我们根本不知他们在哪里……成其好事。李公子凡有宴席，都会请她前去，不过宴席结束后，从未见他们去过饭馆中的私人雅间，她也从未与李公子一道去过永福客栈。当我听说李公子居然为了她而自寻短见时，我……”银仙说到此处，面上飞起红晕，迅速瞥了狄公一眼，“我着实有点好奇他二人到底是如何来往的，还问过一个服侍花魁娘娘的老女佣，她说李公子只去过花魁娘娘的住处一次，就是在自尽的当天晚上，二人只略谈了几句便分手道别。不过身为花魁，她可以在乐园中随意来去，有的是其他地方约见相好。昨日午后，我壮起胆子问她本人，她只简短回说让我少管闲事，令我不免有点奇怪，因为以往每有风流故事，她总会跟我们细细讲述，记得有一次听得众人都哈哈大笑，却是说起那胖墩墩的骆县令如何……”

“够了！”狄公连忙插言道，“听闻你曲子唱得很好，据我的手下说，是跟一个叫做凌姑娘的老歌伎学来的。”

“我竟不知老爷的手下如此多嘴多舌！”银仙说着瞪了马荣一眼，“要是其他姑娘听到风声，便会纷纷去找凌姑娘学艺，过不多久，都会跟我唱一样的曲子了！”

“我们定会替你守口如瓶！”狄公笑道，“本县很想见那凌姑娘一面，打听些当地的陈年旧事，但又不愿让他人知晓，故此无法派官差前去召唤。还望你能找个合适的地方，让我见她一面。”

“回老爷，这事可不好办，”银仙蹙眉说道，“实话说来，我刚刚才去看过她，她却不让我进门，隔着门板说最近咳得厉害，六七日内都没法教授我了。”

“总不至于病得连问几句话都不行吧。”狄公恼怒地说道，“你去跟她讲，再过半个时辰左右，你会带我一同去她的住处。”随即站起身来，又道，“本县此刻有事要办，过后再来。”

银仙一路恭送贵客至大门口。出门之后，狄公对马荣说道：“我与那凌姑娘说话时，想叫陶盼德也来听听，必能有所助益，不妨先去那边的大酒肆中，问问陶掌柜在何处。”

二人进去一问，居然运气颇佳，管事说掌柜此刻就在店铺后面的库房中，正在查看一批新到的酒水。

陶盼德正俯身细看一只硕大的陶制酒瓮，瓮口处用黏土封紧，尚未开启，一见老爷驾临，赶紧忙不迭地满口告罪，欲请二人上楼去品尝新酒。

狄公说道：“多谢陶掌柜美意，本县此刻有事在身，不便耽搁，只有一事相告，再过半个时辰左右，我要召一个老妇问话，三十年前，她曾是当地出名的歌伎，想必你也愿意到场听听。”

“当然愿意！”陶盼德叫道，“老爷是如何找到她的？小民一直想要寻出这么一个人，却是多年未果！”

“看来确是没几个人知道她的身世。陶掌柜，此刻我还得去别处走一遭，回来时再唤你同行。”

陶盼德听罢，连忙殷勤谢过。

二人走到外面，狄公议论道：“这陶掌柜今早对我道是他不怎的过问店务，看来倒也并非如此！”

“谁又会不爱尝尝新酒的滋味呢！”马荣咧嘴笑道。

温记古董铺坐落在繁华的街市一角，里面摆满了大小桌案，案上皆是花瓶、佛像、漆盒与其他种种物件。店内伙计将狄公的大红名帖送去二楼时，狄公对马荣低声说道："等会儿随我一起上楼，我就说你专爱收藏瓷器。"马荣正欲表示异议，却被狄公截住话头，"只想让你从旁做个见证。"

一时温源从楼上疾步下来，深深一揖恭迎老爷，想要开口寒暄，两片薄唇却不时歪扭，只得结结巴巴含糊几句了事。

狄公恳切说道："久闻温掌柜店中藏品颇丰，本县心窃慕之，特来赏鉴一番。"

温源又是一揖到地，再度直起身后，显然对狄公此番私访的来意深信不疑，于是不再战战兢兢，谄媚笑道："楼下没甚好货色，让老爷见笑了！这些东西只拿来卖给不识货的外路游客，还请老爷随小民上楼去看！"

二楼的厅堂陈设十分雅致，摆着上好的古董家什，靠墙的格架上列有许多精美瓷器。温源引着狄公与马荣在后堂看了一阵，请狄公在茶几旁坐下，马荣立在后方。阳光透过窗纸射入，正照在挂壁的卷轴上，由于年代久远，纸面看去格外柔和，愈发凸显出设色清丽典雅的长处来。此间虽然清凉宜人，温源却执意给狄公递上一把漂亮的绸扇，又斟了一杯香气浓郁的茉莉花茶。

狄公说道："本县对古旧字画很有兴趣，还特意带了我这手下来，他对赏鉴瓷器颇为在行。"

“小民真是三生有幸!”温源殷勤说罢，将一只四方漆盒放在几案上，从里面捧出一只细长的白瓷花瓶，“今早有人将这瓶子送来，小民尚有疑问，不知可否请这位先生帮忙鉴定一二?”

马荣盯着花瓶一脸愁容。温源见状，连忙将花瓶收回盒中，懊悔说道:“不错不错，小民也疑心这是个赝品，只是未曾料到竟会如此之糟。这位先生果然对瓷器十分在行!”

马荣重又转回狄公身后站定，暗自松了一口气。狄公和蔼说道:“温掌柜请坐！你我不妨随便谈谈。”待温源在对面的椅子上落座后，又闲闲说道:“不过与古董无关，却是你今早在公堂上的一派谎言。”

温源顿时面如死灰，嗫嚅说道:“小民竟不知老爷说的是……”

“你道是昨晚出了白鹤楼后便径直回家，”狄公冷冷插言道，“实则却跑到歌伎宿房内毒打一个柔弱女子，满心以为没人知道，不料却被一个侍女看在眼里，后来又报知本县。”

温源面上涨得通红，抿抿口唇，说道:“回老爷，小民觉得无须提起此事。那些姑娘刁蛮任性，正需要不时教训一下……”

“倒是你才需要教训一下！藐视公堂者，将会被判罚五十记重鞭！念在你上了年纪的分上，减去十记，剩下四十鞭也足够你消受了！”

温源立时跳下地来，跪在狄公面前，连连磕头求饶。

“起来！”狄公喝命道，“你倒也不必吃鞭子，反正不日便会押上法场、人头落地，皆因与一桩杀人案有牵连！”

“杀人案？”温源惊叫一声，“老爷明鉴，这可是万万没有的事！绝无可能……哪里来的杀人案？”

“正是李廉李公子一案。就在十天前的早上，李公子刚到此地，有人听见过你和他的密谈。”

温源双目圆睁，直直瞪着狄公。

“你这恶棍休想抵赖，就在码头边的树丛里！”马荣吼道。

“但是那里明明没人……”温源冲口说了半句，自知失言，赶紧闭嘴，接着又道，“如此说来……”忽又住口不语，拼命想要镇定一二。

“还不从实招来！”狄公厉声喝道。

“不过……若是我二人的谈话被人听了去，”温源带着哭腔说道，“那么老爷定也知道，小民当时是如何一力苦劝李公子妥善行事的！还跟他说想要把老冯的女儿弄到手，纯是发疯的念头，老冯过后一定不会善罢甘休，那时……”

“原原本本从头道来！到底是如何弄出人命的！”

“一定是那姓冯的无赖毁谤于我！李公子丧命一事与我毫无干系！必是老冯这厮无疑！”温源深深吸了一口气，稍稍和缓叙道，“小民这就讲给老爷听听到底是怎么回事！那天一大早，小民刚刚起床，李公子的家仆便来到店中，道是李公子的船在河中与另一条船相撞，如今正在码头等我。他原本说好头天晚上就到，结果让我空等了半日。我认得李公子的父亲，即御史大夫李公，自然也想与李公的公子做上几笔生意，心想他可能是……”

“拣那要紧的说！到底出了何事！”

“但是李公子并非打算买入什么古董，却道是想要我帮他安排幽期密约，要见那冯岱的女儿玉环小姐！原来两家船只相撞时，李公子与冯小姐照过面，想邀她去自己舱房内过夜，却被冯小姐一口回绝，于是觉得大伤颜面，决意要强迫她就范，方可了此心愿。我劝说他此事绝无可能，冯小姐端庄贞静，其父又是富甲一方的大商人，不但在此地举足轻重，而且……”

“这些本县都清楚，不过想要知道你明明对冯岱一向怀恨在心，为何却又改了主意！”

狄公见温源一张枯脸抽动几下，心知自己猜测不差。

温源揩揩额头的汗水，颓然说道："老爷明鉴，小民确实深存此念，并因此犯下大错。不过冯岱一向待我甚薄，似是……似是我低他一等的样子，不但在公事上如此，而且……在私事上也是照样。我一时糊涂，以为这是羞辱他一番的绝好机会，通过摆布他的女儿，给他重重一击。即使此计未遂，也是李公子一个人丢脸而已。于是我就对李公子说，有个法子可让冯小姐乖乖主动前来，能使李公子如愿以偿，不妨当日午后去我家中详谈。"

温源抬眼迅速一瞥，见狄公面无表情，便又接着叙道："李公子果然如约而来。我对他道是此地以前曾有个士绅一类人物，因为迷上一个歌伎又遭拒而寻了短见，人人皆知冯岱便是那人的情敌，还有谣传说正是冯岱杀的人。不过这谣言中定有几分实情，还望老爷明鉴！小民起誓就在出人命的当晚，我曾亲眼看见冯岱鬼鬼祟祟从出事的客栈后面走过，并且确信就是冯岱亲手杀的人，事后又将现场布置成自尽的模样。"说罢清清喉咙，接着又道："我还对李公子说，这些传言冯小姐也有所耳闻，如果李公子派人给她捎个信，就说掌握了冯岱杀人的确凿证据，冯小姐与父亲一向感情深厚，定会前来问个究竟，然后一切就随李公子自便，反正冯小姐绝不敢去官府告发。小民对天起誓就说了这些，求老爷千万开恩！至于李公子后来究竟有没有送信给冯小姐，若是果真送了信，冯小姐有没有前去赴约，小民就不得而知了。只知道就在李公子出事的那天晚上，我又亲眼看见冯岱曾在红楼后面的园林中，不过不知到底发生过何事。还请老爷相信小民句句是实!”说罢复又跪在地上，连连叩头。

“本县将会查证你说的所有情形，但愿句句为实——为你自己好！如今先写一份供状来，就说曾在公堂上有意扯谎，秋月对你低声透露银仙正赤身裸体被捆在习艺厅中的柱子上，只管随你处置，你听说后便去了那里，当银仙拒绝了你卑污的要求，你就手持一支长竹笛，在她身上狠命抽打了一通。这就去写!”

温源连忙起身，两手颤颤拉开抽斗，取出一张白纸铺在案上，提笔在砚台里润了一润，似是不知该如何下手。

“我念你写!”狄公喝道，“本人某某，在此自承，曾于七月廿八晚间……”

温源写完自供状后，狄公又命他盖过印章、按过指印，然后推给马荣，马荣作为证人也按了指印。

狄公站起身来，将文书纳入袖中，简短命道:“温掌柜，你不得离开此地前去京师，如今禁闭家中，等候发落。”说罢下楼而去，马荣跟在后面。

十二

二人走到街中，狄公说道："我对你那虾蟹二友确实有失公允，他们提供的消息甚是有用。"

"一点不错，他二人真是一对好汉，虽然有一半的时间，我都听不懂他们到底在说甚——尤其是阿蟹这厮！至于那姓温的老鬼，老爷可相信他方才说的全是实情?"

"有些应是实情。我们出其不意将他逮个正着。据我想来，李廉对冯小姐心怀邪念以及温源给李廉出谋划策都应是不虚，正符合李廉傲慢自大的做派与温源卑鄙怯懦的性情，还可解释冯岱为何急于将女儿嫁给贾玉波。那后生全得仰仗冯岱，即使婚后发现新娘并非处子之身，也绝不敢有休妻之举。"

"如此说来，老爷确信李廉已经玷污了冯小姐的清白?"

"当然。正是因此，冯岱才会杀死李廉，并将现场布置成自尽的模样，与他三十年前杀死陶广之后的行径一般无二。"狄公见马荣面有疑色，紧接着又道，"马荣，凶手必是冯岱无疑！他既有动机，又有机会，如今我完全赞同虾蟹二人所言，即李廉不会是因为单相思而自寻短见之人，一定是冯岱亲手杀死了他。就作案机会和令人信服的动机而言，冯岱也自有一套三十年前用过的法子，十分稳妥可行。只有这一种可能，再无其他。我倒是很感惋惜，因为冯岱给我的印象颇佳，不过，他果真是杀人凶手的话，我定会将其依法惩办。”

“或许冯岱到时还会提供些有关秋月之死的线索!”

“我也很想知道！即使揭开了陶广与李廉之死的谜团，对于勘破秋月之死，仍是毫无助益。我相信其中必有关联，只是一时尚不知该从何处入手。”

“老爷刚刚说过确信温老鬼关于李廉与冯小姐的说法属实，那么其他的话又是真是假?”

“温源供出曾对李廉献计后，我留意到他看去心神略定，怕是已经觉察出我不过在吓唬他而已，虽然说出的话不能改口，却似是打定主意到此为止。我隐约觉得关于李廉另有隐情，温源却打算最好绝口不提。过不多久，我们自会查个水落石出，以后再跟他计较不迟!”

马荣闻言点头，二人默默朝前走去。

陶盼德正在酒肆门首等候，于是三人一路行至银仙的住处。

银仙出来开门，低声说道："回老爷，凌姑娘说茅舍简陋，羞于在那里见老爷，虽然重病在身，却非要我带她来这边不可。我已偷偷将她送入习艺厅中，此时里面并无他人。"说罢在前引路，众人一径走入厅内。

只见后窗的柱子旁边，一个老妪蜷坐在椅中，身形瘦小，穿着褪了色的深褐布裙，样式十分简朴，一头灰白的乱发垂在肩头，两只青筋毕现的枯手平放在腿上，听到有人进来，抬头转向这边。阳光透过窗纸，正照在她的面上，触目皆是痘疮愈合后留下的深深瘢痕，容貌确已尽毁，凹陷的双颊上显出病态的红晕，一对混浊的眸子平静中透出几分古怪。

银仙快步趋到近前，弯腰对那老妪轻声说道："凌姑娘，县令老爷来了！"

老妪正欲起身，狄公急忙上前，伸手按住她消瘦的肩头，和蔼说道："凌姑娘还请坐下，你不辞辛苦亲自来到这里，已是多有烦劳。"

"老妇人听凭县令老爷吩咐。"

狄公只觉莫名惊惧，不禁朝后退了两步，平生还从未听过如此圆润悦耳的声音，却是出自一个面容尽毁的老妇之口，又似是残酷至极的嘲弄，喉头咽了几咽，方才说道："请问凌姑娘以前花名叫做什么？"

“回老爷话，当日名唤碧玉，众人都爱我曲子唱得好，且又……相貌出众。我十九岁时染上时疫，并且……”凌姑娘说到此处，声音渐低下去。

“就在那时，有个名叫翡翠的歌伎被选为花魁，你可认得她?”

“认得，不过她早已过世了。三十年前，时疫爆发时，我是最早染病的几人之一，过了不到一月，就听说翡翠死去的消息，那时候我已经……挺了过来。她比我晚几天发作，但过不多久便一病不起。”

“翡翠当年想必追求者甚众吧?”

“不错，确实为数不少。大多数我都不认得，只有两个较为熟识，皆是本地人氏，一个是冯岱，一个是陶广。等我病情好转时，却听说陶广死了，翡翠也死了。”

“莫非古董商温源没有追求过翡翠?”

“温源? 这人我也知道。我们那时都躲着他，因为他专爱折磨虐待女子。我记得他曾送给翡翠许多值钱的礼物，但是翡翠看都不看一眼。温源如今可还健在? 如果在世的话，该是年过花甲之人。说来全是很久以前的旧事了。”

这时一群歌伎从窗外经过，传来一阵欢快的说笑声。

“有传言说冯岱是翡翠的情人，”狄公又问道，“你觉得这话可是实情?”

“我记得冯岱相貌英俊，为人正直可靠，与陶广不相上下。陶广也是一表人才，性情忠厚，对翡翠同样一往情深。”

“还有传言说陶广因为翡翠更中意冯岱而寻了短见。既然凌姑娘认识陶广，你觉得他是否真会如此行事?”

楼上有人拨弄月琴，反复弹奏着同一段曲调。凌姑娘并未立即作答，抬头倾听半日，方才说道:“这姑娘的琴应该拿去调一调弦了。老爷适才说得不错，陶广深爱着翡翠，或许真会为她而死。”

这时陶盼德在一旁急促喘息，凌姑娘听见声音，问道:“还有谁与老爷同来?”

“我的一个随从。”

“怕是未必。”凌姑娘淡淡说道，“我听他的动静，一定是个知情人，想必能告诉老爷更多有关陶广的事。”说罢忽然猛咳一阵，从袖中抽出一块皱巴巴的手巾揩揩嘴角，手巾上显出几点血迹，然后重又收起。

狄公看在眼里，心知这老妇已是病入膏肓，待她喘息渐定，连忙又道:“还听说陶广并非自杀，却是被冯岱谋害了性命。”

凌姑娘缓缓摇头:“回老爷，这可全是谣言了。陶广与冯岱是至交好友，我曾经听见他二人议论翡翠，商定若是翡翠选择了其中一人，另一个将会尊重她的心意，但是据我所知，翡翠却并未在他二人中挑选。”

狄公询问似的看了陶盼德一眼，陶盼德摇一摇头，似是再无可问。只听那悦耳动听的声音再度响起：“据我想来，翡翠心目中的男子，不只是相貌英俊、性情忠厚、家资富有，她想要的不止于此。那个男子除了这些好处，还得有狂放勇猛的血性，为了自己所爱的女人，能够毫不在意便抛却全部身家、地位和名誉——一切的一切，连想都不想就会为她放弃所有。”

狄公定定望向窗外，月琴一遍遍重复着同样的旋律，听去令人心烦意乱，不由得努力自持一二。

“凌姑娘此番前来，本县十分感谢。你一定颇觉疲累，我会叫一乘轿子送你回去。”

“多谢老爷如此体恤，实在感激不尽。”

凌姑娘说话时虽则出语恭顺，但是音调态度，却俨然是当红名妓正在婉言辞谢大献殷勤的裙下之臣。狄公心中不禁一阵刺痛，对陶盼德和马荣示意一下，三人出门而去。

陶盼德走到外面，低声说道：“只有她的声音至今犹存。那些旧日的阴影……何其古怪。小民得回去好好思量一番，还请老爷见谅。”

狄公点点头，对马荣说道：“你去找一乘小轿来，叫他们等在后门口，再和银仙一起好生看着凌姑娘坐进去，不要惊动他人。此刻我要另找一人问话，过后返回客栈。半个时辰之后，你回红楼里见我。”

十三

马荣在闹市中雇了一乘四人小轿，先预付过轿金，又额外给了一笔丰厚的赏钱。轿夫们喜孜孜地跟着马荣一路走到宿房后门，银仙与凌姑娘正等候在庭院中。

银仙搀扶凌姑娘坐入轿中，郁郁地望着小轿转过街角、消失不见。马荣见她一脸愁容，勉强赔笑道："好人儿，何必闷闷不乐呢！要是有什么烦心事，尽管说给我家老爷听，我向来都是如此！"

"你自己说去吧！"银仙抢白一句，走入院内，砰的一声关上大门。

马荣抓抓头皮，心想或许银仙真有心事也未可知，于是一边暗自思忖，一边朝大街走去。

一片攒动的人头之上，马荣瞧见一座高大富丽的门楼，正是妓院行会所在处，不觉止住脚步。只见人流进进出出，络绎不绝，马荣观望半晌，迈步继续前行，心中却在反复思量，似是要做出一个重要决断，忽然掉头转身，在人群中推推搡搡，朝那门楼方向走去。

长长的柜台前挤满了人，个个满头大汗，一面高声叫嚷，一面朝办事的文书不停摇晃手中的红纸。这些皆是饭铺酒馆中的贩夫走卒，手中拿的红纸便是局票，上面写着各自店中客人要召的歌伎或粉头的花名，一旦顺利递上，文书便会翻看摆在面前的名录，若是被点名的姑娘有空，便会记下时间和店名，然后在红纸上盖下印章，交给在门口闲逛的众多童仆之一，命他送到那姑娘的住处去，届时本人自会前往所召之处。

柜台尽头有一座三柱衡门，旁边有人把守，马荣上去一把推开守卫，径直走入会所之内。却见一个男子高高坐在桌案后方，身形极其肥硕，生得一张油光滑润的圆脸，正是此间总管，懒洋洋地抬起眼皮傲然相望。

马荣从靴筒中抽出官牒，甩在桌上。胖总管仔细看过后，立时满脸堆笑，抬头恭敬说道："不知马大爷有何吩咐？小人一定效劳！"

"只要帮我办个简单的交割就行，正是你分内之务。有个二等歌伎，名叫银仙，我想为她赎身。"

胖总管撇一撇嘴，上下打量马荣一眼，从抽斗中取出厚厚一本簿册，翻到相应的条目细细看过，煞有介事地清清喉咙，说道："当初买下她时，身价是一锭半黄金，倒是算不得贵，不过这姑娘十分讨人喜欢，曲子唱得也好，我们为她置办过不少贵重衣物，账单都在这里，加在一起的话……”说着伸手欲取算盘。

“废话少说！你们在她身上花了不少银子，但是她给你们赚回来的几十倍都不止。我只付你原先的身价，全用现钱。”马荣说着，从胸前掏出一个包裹，打开来放在桌上，正是从彭家舅舅那里得来的遗产。

胖总管盯着两枚亮闪闪的金锭，缓缓摩挲着肥厚的下巴，心想这衙门官差可是开罪不起，如果被行首冯里长知道了，定会大不乐意。这厮看去急不可耐，真是可惜煞人，换个外乡生客的话，定要收他双倍的身价银子不可，再加上一笔不菲的额外赏钱。今天端的是诸事不宜，胃里觉得格外火烧火燎，不禁气往上冲，打了一个响嗝，无奈地长叹一声，从账簿上撕下几页票据递给马荣。剩下最后一桩活计，便是双方清账，只见他恋恋不舍拨打了半日算盘，方才报出余额为二十两纹银。

“替我好生包起来——统统包上！”马荣命道。

胖总管辛酸地瞥了马荣一眼，将纹银慢慢包入一张红纸中。马荣取过包裹，与票据一起塞入袖内，转身出门而去。

马荣心觉此事办得很对，确是到了应该安定下来的时候。要说娶妻成家，哪里的女子能比本乡本土的姑娘更好呢？从老爷那里得来的薪俸足够养活一家大小，总比以前拿去吃喝嫖赌、胡乱挥霍强得多多。唯一放心不下的就是乔泰与陶干，这两个老伙计定会取笑个没完，罢罢，随他们说去好了！等这二人见到银仙时，包管立时就会闭上嘴巴！

马荣绕过离永福客栈不远的街角时，看见一家酒肆的大红招牌，打定主意要好好犒劳自己一番，于是掀帘入内。店中已是坐客满满，喧闹之声不绝于耳，唯独左边窗前的桌上还剩一个空位，只见一个青年后生坐在那厢，愁眉不展，盯着空酒壶郁郁出神。

马荣一路挤过去，开口问道："可否让我坐在这里，贾先生？"

贾玉波面上一喜，口中说道："幸会幸会！"脸色复又一沉，"不过小生没法请你吃喝，实在过意不去，这壶酒已花光了我最后几个铜板。冯老爷应许的银子，至今还未到手哩。"

马荣听贾玉波说话时口齿含混，心想这人定是已经灌下不少，便咧嘴笑道："我请你便是！"随即叫来伙计，点了一大壶酒，付过账后，又将两只酒杯分别斟满。

"祝你我都交好运！"马荣说罢一饮而尽，紧接着又满上一杯。贾玉波也一口喝干，闷声说道："多谢兄台！小生实是太想时来运转了！”

“贾先生莫非说笑不成！老天有眼，你这冯家的乘龙快婿居然说这等话！娶到一个赌馆老板的独生女儿——为了捞回本钱，这可是我听说过最漂亮的法子了！”

“说的就是此事！正是因此，我才急需转运，方可脱此窘境。都怪那姓温的猪猡把我弄到这步田地！”

“虽然我没弄清你到底惹上了什么麻烦，不过有一句话我很赞成，那瘟猪着实不是个东西！”

贾玉波眼泪汪汪看了马荣半晌，说道：“既然李公子已经一命归阴，先前的种种谋划便随之烟消云散，讲给你听听倒也无妨。长话短说，当日我在赌桌上输掉了全副身家时，那李公子就坐在对面，一副傲气十足的模样，还道貌岸然地说我玩得太过鲁莽！后来上前搭讪，问我想不想设法捞回本钱来，我说当然想得很，哪怕费些气力也在所不惜，然后他就带我去了温家古董铺。原来他二人策划了一条对付冯岱的毒计，一旦构陷冯岱惹上官司，李公子便会动用他在州府里的关系，使得温源取而代之成为乐园里长，李公子自然也不会无利可图，这些高官显宦们算盘都极精的！他二人想让我做个内线，先骗取冯岱的信任，然后再将一口小箱子悄悄藏入冯宅，如此而已。”

“好一群阴险毒辣的歹人！你这呆子想是一口答

应了?”

“兄台何苦出口伤人!莫非你愿意身无分文孤零零地困在这里?再说我也不认识冯岱,还以为他与那二人一样,也是恶棍一条哩。还请兄台姑且忍耐一二,听我把话说完,此刻心乱如麻,实在难以从容道出。对了,你方才可是说过要请我喝酒?”

马荣替贾玉波又斟上一杯。只见他几口灌下肚去,接着叙道:“李公子叫我去求见冯岱,并向他借钱,等考取功名之后再如数奉还。每逢遇到穷困潦倒的书生才子时,冯岱似乎格外心慈面软。

“到此为止尚且无事,不过等我见到冯岱时,才发觉他竟是个古道热肠之人,且又十分正派,不但一口应允了借钱之事,而且看似对我甚有好感,第二天邀我去府上赴宴,第三天又邀我去。我还见到了他的女儿和陶盼德,冯小姐风姿楚楚,陶掌柜也是个志诚君子,且对诗文评点精到,以前就读过敝人的拙作,还说颇有古风古韵哩。”

贾玉波替自己又满上一杯,一口喝干后又道:“吃过第二顿晚饭后,我找到温源,说决意不做这奸细,只因冯岱是个正人君子,我亦为正人君子,岂可行那暗中监视另一个正人君子的勾当。照此说来,若是让我监视李公子温掌柜或其同伙,我倒并不介意。本来还想再说几句,不料温源大声叫嚷起来，道是我不会从他们那里得到一文钱，因为李公子已另有打算，此事从此搁下不提，我听了反而正中下怀。后来，我从房东那里借了一两银子，答应冯老爷应许的钱一旦到手就立刻还他，然后出去找了个花天酒地的热闹地方，谁承想竟遇到一个妙人儿，说不尽的温柔美貌，实乃平生未见，恰是我等待已久的意中人。”

“莫非她也会写诗不成?”马荣疑惑地问道。

“谢天谢地，她并不会！只是温顺纯良、善解人意，性情十分文静，不知你可明白我的意思，就是说平和安稳。老天保佑我再也不要遇见什么才女!”贾玉波打了个酒嗝，接着又道，“能诗善文的小姐们常常弦绷得太紧，我自己已是绷得够紧了。日后一旦成家，只有我一人作诗便足矣，无须再来一个!”

“那你为何闷闷不乐?”马荣叫道，“有些人真是走运到家！你可以娶了姓冯的小妞儿作大房，然后再娶那性子文静的姑娘作二房。”

贾玉波坐直起来，努力想要看清马荣，傲然说道：“冯老爷是个正人君子，冯小姐也不是什么小妞儿，虽说弦绷得略有些紧，但毕竟是个知书达理、端庄持重的大家闺秀。冯老爷对我十分赏识，冯小姐对我也是青眼有加，我对他们父女二人也颇有好感，你以为我竟会是那种下流无赖，娶了冯家的独生女儿，得了冯家的财产，然后为了阖家美满、其乐融融，再买下一个歌伎带回去不成?”

“我只知道旁人都巴不得有你这样的机会!”马荣艳羡地说道，“连我自己也是一样哩!”

“幸好我不是你!”贾玉波嫌恶地说道。

“反过来也一样!”

“反过来也一样?”贾玉波紧皱眉头，伸出食指一会儿指向马荣，一会儿又指向自己，口中咕哝道，“你……我……你……我。”忽然出声叫道，“你是在骂我不成!”

“没有的事!”马荣轻描淡写地说道，“是你自己会错了意。”

“还请兄台见谅，”贾玉波硬着舌头说道，“此刻我满腹辛酸，实在摆布不开。”

“那你打算以后怎么办?”

“一时尚无头绪！我要是有了钱，就赎出那姑娘，然后双双远走他乡！也算是帮了陶掌柜一把，他对冯小姐十分爱慕，只是面上不愿流露出来而已。”贾玉波说着，倾身朝前凑向马荣，低声又道，“陶掌柜很有些顾忌。”

马荣长叹一声，厌烦地说道：“你这后生，且听一个看透世事的人说一句！你和陶掌柜这样顾忌太多的读书人，只会把原本简单的事情弄得一团糟，不但害了自己，也害了旁人。我来告诉你应该如何行事：你先娶了冯小姐，头一个月里，尽管把弦绷紧，直到她那边的弦松下来，求你暂且缓缓，然后你就说不成问题，她自然可以缓上一阵子，不过你却等不得，于是就去买回那个性子文静的姑娘来。冯小姐只会心中念佛，那姑娘肯定也感激不尽，端庄文静也好，泼辣刁蛮也罢，从此便都称了你的意，然后你再出去买个第三房夫人。从此以后，只要她们生出口舌是非，你便召集全家，凑足四方，抹上几把骨牌，我家狄老爷与三位夫人便是如此，他可是个很有学问的大好人哩。既然说到我家老爷，我想最好还是就此别过!”说罢举起酒壶一饮而尽，口中辞道，“多谢与你说了这半日闲话。”

贾玉波兀自愤懑不已，正在寻思应该如何妥帖答对时，马荣已起身出门而去。

十四

狄公离开歌伎住处后，一路径去冯宅，在门口将大幅名帖递给管家，不一时便见冯岱疾步奔出中庭，恭迎这位不速之客，又殷勤询问案子可有进境。

“不错，”狄公徐徐说道，“果然又发现了一些新线索。不过在官府处置之前，我想先与冯先生议论一番，还有令嫒冯小姐。”

冯岱溜了狄公一眼，缓缓说道：“想来老爷是要私下密谈？”见狄公点头，接着又道：“那就请老爷随我再去那花园亭阁，就是今早与陶掌柜说话的地方。”说罢对管家喝令一声，然后引着狄公穿过富丽堂皇的厅堂与回廊，行至宅院后方的花园中。

二人在小茶桌旁分别落座，管家送上热茶，随后悄然退下。过不多时，只见一个苗条的身影出现在花园小径上，正是冯玉环，身上仍穿着那件玄缎长裙。

冯岱将女儿介绍给狄公，冯玉环在父亲的座椅一侧站定，低眉垂目，仪态恭顺。

狄公靠坐在椅背上，缓捋长髯，对冯岱说道："我听说李公子的船与贵府家船相撞时，李公子曾见过冯小姐，并且动手动脚，居心不良。还听说他后来给冯小姐捎过信，说是如果不去红楼见面的话，就要将冯先生昔年所犯罪行的证据公之于众。李公子身亡的当天晚上，有人曾在红楼附近看见过冯先生。这些说法可否属实？"

冯岱面如死灰，紧咬口唇，心中寻思该如何作答，冯玉环却忽然抬起头来，冷静说道："的确都是实情。爹爹如今也不必再否认，女儿一直觉得此事定是瞒不住人的。"冯岱张口欲言，冯玉环却直直望着狄公，接着叙道："事情原是这样：撞船的那天晚上，李公子非要当面向我道歉，起初倒还彬彬有礼，待我那侍女出去倒茶时，他便换了一副嘴脸，嘴里不干不净，先是满口恭维，又说既然两船整晚都得停在河上，如此良宵岂可辜负，看去对自己的相貌地位自信满满，以为我必会答应与他同寝。当我一口回绝后，他忽地勃然大怒，还咬牙切齿地发誓赌咒说一定会将我弄到手，无论我心中是否情愿。我将他撇在甲板上，转身回到自己的舱房里，闩上了房门。回到家中后，我担心此事万一被爹爹知道，不定会与那厮发生争执并因此惹上麻烦，便守口如瓶，并未提起。这次意外并不值什么，那人显然是酒后无德。

“不过，就在他死去的当天午后，这可悲的无赖确实派人给我捎过信，内容正如老爷所言。”

冯岱开口欲言，冯玉环却伸出纤手按住父亲肩头，接着又道：“老爷明鉴，我一向深爱自己的父亲，为了他做什么都心甘情愿。此地确有谣言，说是许多年前父亲曾做过什么勾当，并有一套对他不利的说法。于是那天晚上，我悄悄溜出家门，去了红楼，趁着四下无人时，从后门进去。李廉正坐在桌案旁写什么东西，见我进来，直呼大喜过望，连忙请我坐下，又道是他一向深知老天注定我终是他的人。我问起所谓家父的罪行到底是如何一回事，他却避而不答，我说知道他定是扯谎，这就回家去跟父亲和盘托出。他一听便跳了起来，满口污言秽语地叫骂不休，还动手撕扯我的衣裙，叫嚣着立时就要把我弄到手。我既是私自跑来，如果被人知道的话，我们父女二人就会名声尽毁，故此不敢大喊救命，我想自己总能躲过这一劫，于是拼死抵抗，用手抓挠他的头脸和两臂，他也使出蛮力来，对我下手粗暴。证据就在这里。”

冯玉环说罢，不顾父亲拦阻，镇定地解开胸衣，露出上身。狄公见她的双肩、左胸与两臂处皆有瘀伤，颜色或是青紫，或是灰黄。冯玉环重又披上衣服，接着叙道：“就在打斗时，桌上的纸张被推到一旁，我看见他的匕首正好放在那里，便假装气力不支、放弃抵抗，趁他放开我的两手去拉扯衣带时，一把抓起匕首，警告他若是再不走开的话，休怪我刀下无情。他又扑上前来想要制服我，我握着匕首猛刺过去，忽见一股鲜血从他的脖颈处涌出，整个人朝后仰倒在座椅中，喉间发出一阵可怕的咯咯声。

“见此情形，我吓得不知所措，赶紧穿过园林，奔回家中，将所有来龙去脉原原本本告诉了父亲。至于后事如何，还是由家父来告诉老爷吧。”冯玉环说罢，草草行了个礼，疾步奔下亭阁的台阶。

狄公面带疑色看了冯岱一眼，只见冯岱扯一扯颊须，清清喉咙，懊悔说道：“回老爷，我听说之后，自是尽力安慰小女，对她道是一个女子被人侵犯时，理当尽力反抗，不会因此而被判罪，不过亦知此案一旦公开审理的话，对我父女二人自是难堪至极，不但会影响小女的名声，还会牵扯出与我有关的旧案来。尽管那些谣言纯属荒唐无稽，我也不想旧事重提，因此打定主意，采用一种……颇不寻常的方式来解决。”

冯岱喝了一口茶水，语气愈发坚决地接着叙道：“我去了红楼，发觉小女所言不虚，李廉确已倒在花厅内的座椅中，一命呜呼了，血迹几乎全在衣袍上，只有几点溅在桌上和地上。于是我打定主意布置成自尽的模样，将尸体挪到卧房的地上，将匕首放在他的右手中，然后又把花厅桌案上的文书等物也统统搬到卧房中，锁起房门，从游廊上离开。既然卧房唯一的窗户上装有栅栏，我满心希望李廉之死会被认作是自寻短见，结果不出所料，后来秋月所说的李廉被她拒绝一事，更是提供了有力的动机。”

“据我猜想，你将钥匙插回门内锁孔中，应是在接到案报并且命人将门撞开之后吧?”

“回老爷，正是如此。我将那钥匙带在身上，心知一旦发现出了人命，客店必会派人首先告知与我。果然等到店中管事前来，我二人又与骆县令一道赶去现场。门被撞开后，正如我所预料的一般，骆县令与衙役径去查看尸体，我便趁机将钥匙插入锁孔中。”

“明白了。”狄公捻着髭须思忖半晌，又随口说道，“为了使此计更加无懈可击，你理应将李廉临终前涂写的字纸藏过才是。”

“请问老爷这是为何? 那色鬼心中分明也打着秋月的主意!”

“非也，他心中想的不是秋月，而是令嫒。两个圆圈正代表着玉环。当他画下之后，忽又联想起中秋满月，于是又在下面连写三遍。”

冯岱迅速瞥了狄公一眼，出声叫道:“老天! 原来如此！小人愚笨，竟然从未想到这一层！”又尴尬说道：“想来所有真相已经大白，老爷可是打算重审此案？”

狄公呷了一口茶水，两眼望向盛开的夹竹桃花，一对蝴蝶正在阳光中上下翻飞，此时亭阁内格外静谧，似是远离乐园的喧闹嘈杂。狄公转向冯岱，淡然一笑，说道：“冯先生，令嫒是个有胆有识的奇女子，她的证词再加上你方才所言，足以解释李廉的命案。我很高兴能够知晓他手臂上的伤痕到底从何而来，因为那些伤痕，我一度以为红楼里或许真有什么邪魔之力在作祟。不过他脖颈处的肿块依然来历不明。莫非令嫒没有注意到？”

“没有，老爷，连我也未曾注意到，可能只是两片肿起的疮疖而已。至于我们父女二人理应承担的罪责，不知老爷打算……”

“依照律法，一个女子若是杀死希图强奸她的男子，将会被无罪开释。不过冯先生在现场动了手脚，意在混淆视听，却是犯下了一项重罪。在决定是否要予以处罚之前，我想先听听令嫒口中所言的旧日传闻。若是没有弄错的话，想必就是三十年前，冯先生因为争风吃醋而杀死陶盼德的父亲陶广一事吧？”

冯岱直坐起来，肃然说道：“正是，老爷。自不必说这些全是恶意中伤。陶广是我的知交好友，我从未害过他的性命。当年我确实深爱着乐园花魁，乃是一个名叫翡翠的歌伎，满心希望能娶她为妻。我当时正值二十五岁，刚刚被任命为乐园里长。陶广那时二十九岁，对翡翠也十分爱慕，他虽已成婚，但过得不甚美满。尽管我二人都爱上了翡翠，但是友情始终未变，还约定两人都当尽力赢取佳人芳心，即使败下阵来，也不可心怀怨忿。然而翡翠似乎难以决断，总是一味暧昧拖延。”

冯岱轻抚下颏，犹豫片刻，显然不知该如何继续陈说，到底接着叙道：“想来还是原原本本对老爷和盘托出为上。我本该三十年前便和盘托出，却一时糊涂做了蠢事，等到明白过来，已是太迟了。”说罢深深吁出一口气，“想当年，除了我和陶广之外，还有一个人也在追求翡翠，就是古董商温源。不过他追求翡翠不是出于爱意，而是为了要自抬身价，想要表明自己与我和陶广不相上下，实是愚蠢的念头。他疑心翡翠与我或是陶广秘密来往，花钱贿赂了翡翠身边的一个侍女，帮他刺探消息。正当我和陶广商定要去找翡翠问个究竟时，温源从那侍女口中得知翡翠已怀有身孕，并立即将这消息透露给陶广，还暗示说我不但是那秘密情人，而且与翡翠一道愚弄陶广。陶广听罢后，一径奔到我的家中，他虽然聪明正直，脾气却有点急躁。我极力表白自己并未与翡翠暗地结下私情，颇花了些工夫才将他说服，然后又与他商议下一步该如何行事。我想和陶广一同去找翡翠，说明已知她另有所爱，从此不会再去纠缠，不过我二人总还是她的朋友，如果她有何难处，随时都会施以援手，她也大可挑明那意中人究竟是谁。

“陶广却不赞成，疑心翡翠有意让我们以为她犹豫不定、难以抉择，实是想从我们身上骗取更多的钱财。我不以为然，说这未免与翡翠的性情不符，但是陶广听不进去，转头奔出门去。等他走后，我重又思量了一番，决心务必在陶广做出傻事之前与他再谈一次。就在去陶家的路上，我正遇上温源。温源急急道是刚刚见过陶广，并告知他翡翠正在红楼里与情郎私会，还说陶广急于弄清那人究竟是谁，已经直奔红楼而去了。我生怕陶广落入温源的圈套，于是从园林中抄近道赶紧追过去，刚一走上游廊，便看见陶广坐在红楼花厅内的座椅中，只望见他的背影。我连叫几声，见他一动不动，便走进门去。只见他喉头处插着一把匕首，胸前一片鲜血，人已经断气了。”

冯岱说到此处，抬手抹了一把脸面，茫茫然望向外面的花园，极力自持一下，接着叙道：“我直直盯着陶广的尸身，呆立在地，惊骇无已，就在这时，忽然听见走廊上传来脚步声，猛然醒悟如果有人看见我在这里，定会怀疑我因为妒恨而行凶杀人，于是赶紧跑了出去，一路奔到花魁的住处，那里却不见一人，随后便转回家中。

“我正坐在书房里试图理清头绪时，却见县令的一名随从前来召我，道是有人在红楼里自尽身亡。等我赶到那里，见县令老爷及其手下都在卧房内。一名伙计从窗外看见了陶广的尸身，当时卧房的门上了锁，钥匙就在室内地上，于是县令断定陶广举刀自裁后失血而亡，死者的手中正握着一把匕首。

“我一时不知所措。想来定是我跑出红楼后，凶手将尸体从花厅挪到了卧房中，并布置成自尽的模样。县令问客栈管事可有什么原因，管事回答说陶广爱慕花魁。于是县令派人叫来翡翠，翡翠承认陶广确实对她怀有情意，又说陶广提出要为她赎身，却遭她回绝。我一听这话惊诧莫名，拼命想要与她对上眼光，她却两眼始终望向别处，立在县令面前公然说谎。县令听罢后，当场裁定这是一桩由于单相思而引起的自寻短见，然后命翡翠退下。我正想追上她再问几句，奈何却被县令叫住。当时天花正在此地蔓延，形势紧迫，因此金华县令才会带着手下来到乐园中。整整一晚我都不得闲，县令命我想出法子来阻止疫病传播，预备焚烧几栋房舍，并采取其他应急之策，因此我没有机会去找翡翠问个究竟。

"谁知自从那天起，我竟再也没能见她一面。就在第二天一大早，衙役们放火焚烧了歌伎的住处，翡翠与其他姑娘一起逃到树林中去。她在那里染上了天花，很快便不治而亡。我只看到关于她的文书记录，还是在她的尸身与其他许多尸体一起被下令焚烧之前，由别的姑娘从她身上抽出带回的。"

冯岱面如死灰，额头上渗出豆大的汗珠，抓起茶盅缓缓饮了一口，疲惫地接着说道："我本该对县令道出陶广并非自尽，也有责任将杀害挚友的凶手查出后交由法办。但是我不知道翡翠涉入此事究竟有多深，况且她也已离开人世。温源见过我去红楼，如果我道出此事，温源定会控告我谋杀了陶广。我是个可悲的懦夫，于是缄口不言。

"大约二十天过后，疫情得到控制，乐园中又渐次恢复到原先的模样。温源前来看我，说他知道是我杀了陶广后又伪造出自尽现场，我要是不将里长的位子让给他，他就要去官府告发此事。我对他说一切悉听尊便，如果此事终被揭开，我倒是很感快慰，因为自己当日未能道出真相，心里一日重似一日，实在不堪承受。但那温源是个狡猾的无赖，他明知自己并没有证据，只想威胁恐吓我一番，后来倒是不再提起，却又四处散播谣言，说是我应对陶广之死负责。

“四年之后，我终于淡忘了翡翠，于是娶妻成家，后来又有了玉环。玉环长大后，与陶广之子陶盼德相识，二人似乎彼此爱慕。我曾经极力想促成这桩婚事，儿女联姻将会再度巩固冯陶两家的情谊，陶广是我的好友，且又被人谋害，我却没能为他报仇雪恨。但是温源散布的谣言一定传到了陶盼德的耳中，他对我的态度分明起了变化。”说到此处，冯岱住口不语，郁郁望了狄公一眼，“小女也留意到陶盼德不同以往，曾经有很长一段日子，心情极其低落。我试图为她另觅情投意合的青年后生，但她通通不予理会。老爷明鉴，小女很有主见，且又倔强任性。当她对贾玉波这后生流露出好感时，我实是大喜过望，虽说更想招个知根知底的本地人为婿，不过实在不想令玉环再度伤心。既然陶盼德表示愿作中人主持订婚礼，便是表明他对玉环不再怀有心意。”

冯岱深吸一口气，最后说道：“如今所有情事都已向老爷道出，包括我在摆出李廉自尽的现场时，原是从何处得来的主意。”

狄公缓缓点头，尚未开口时，冯岱又徐徐说道：“小人谨以先父的名义发誓，关于陶广之死，我说的句句是实。”

“冯先生，死者的亡魂仍与你我同在，故此不当随意妄用他们的名义。”狄公郑重说罢，喝了几口茶水，接着又道，“如果你说的确是实情，那么定有一个残忍无情的凶手就在此地。三十年前，陶广撞破了他与翡翠的私情，他便在红楼里杀死了陶广，昨晚可能再度出现，不过这次遇害的却是秋月。”

“老爷明鉴，仵作的尸报中，明明说是秋月死于心病猝发！”

狄公摇一摇头，“这一点我不能肯定。我并不相信什么巧合，不过这两起案子未免太过相似了。那个不知名姓之人以前曾与花魁有染，三十年后，可能与另一个花魁又有所牵涉。”说罢目光锐利地瞥了冯岱一眼，“说到秋月之死，我隐隐觉得，你对我并没道出全部内情！”

冯岱直盯着狄公，面上看去十分惊诧，高声说道：“回老爷，小人只有一点未曾道明！唯一不愿提及的，便是秋月与骆县令结下的露水情缘，不过老爷肯定早已猜到了！”

“确实如此。冯先生，本县自会仔细考虑该如何行事，如今只能说到这个地步。”狄公说罢起身，冯岱引路朝门口走去。

十五

狄公回到红楼时，马荣正在游廊上等候。狄公说道："马荣，我刚刚听来一段故事，十分有趣，看似所有疑难的答案都藏在以往，即三十年前的陶广之死。我们非得立时去找那凌姑娘不可，她自会提供有关谋害陶广的真凶的线索，然后就会知道是谁害得秋月送了性命。我还要……"说着抽抽鼻子，使劲嗅了一嗅，"这里有一股子怪味!"

"回老爷，我刚才也闻到了，可能是树丛底下有什么飞禽走兽的死尸。"

"不如进去说话，我还得先换过衣服。"

二人走入花厅后，马荣关起双扇门，一面助老爷换上干净的衣袍，一面说道："老爷，我在回来之前，与贾玉波那后生一道喝了几盅。阿虾阿蟹说得没错，温源确实曾与李廉合谋想要陷害冯岱。"

"你且坐下！不妨讲讲贾玉波有何说辞。"

马荣述说过后，狄公满意地说道："这正是温源在你我面前略过不提之事！我对你说过，当时就觉得他有所隐瞒。可能温李二人打算将涉嫌谋反不轨的文书放在木匣里，命贾玉波将其偷偷带入冯家，然后再去官府告发冯岱。但是如今此计已然告吹，倒也无关紧要了。我刚刚与冯岱父女长谈过一阵，那李廉显然不是自杀，而是被杀的。”

“老爷是说被杀？”

“不错。你且听听那父女二人都说了些甚。”

狄公简述了一番在冯家花园亭阁中的谈话。马荣勉强赞道：“这小妞儿可真是了不得！贾玉波说得没错，弦绷得够紧！如今我总算明白了贾玉波为何对讨冯小姐做老婆一事不甚热心，娶了她就是娶了麻烦，而且肯定麻烦多多！如此一来，李廉的案子就算是了结了。”

狄公缓缓摇头，“并非如此，马荣。你以前经常与人交手打斗，你倒是说说，冯小姐右手持刀的话，是否可能刺中对方的脖颈右侧？”

马荣撇一撇嘴，“听去不太可能，不过也说不准，老爷。二人扭打在一起，又有人拿着刀子横在中间，什么怪事都可能发生！”

“我也明白这一节，只是想证实一下。”狄公思忖半晌，又道，“我还是留在这里为上，先理一理思路，想好见了凌姑娘要问些什么话。你这就去找阿蟹，让他带你去凌姑娘的住处，切记不要敲门，只让阿蟹指给你看那地点即可，然后便回来复命，你我再一同前去。”

“即使现在与老爷同去，也能轻易找到地方。我知道就在码头对面的河边某处。”

“不，我不想在那里四处打问凌姑娘的住处。凶手可能也在那一带出没，凌姑娘又是唯一可能提供线索之人，我不愿使她陷入危境。你不必着急，我就在这里等你，还有很多事需要思量!”狄公说罢，重又脱去外袍，摘下帽子放在桌上，伸伸腿脚躺在长榻上。马荣将茶几挪至榻前，使得老爷伸手可及，随后告退出门。

马荣一路直奔大赌馆，心想已是午后多时，虾蟹二人该是睡醒后回来当差了，果然在楼上逮了个正着。二人正一脸漠然地盯着馆内众多赌客。

马荣上前说明来意，又道:“或者你们二位有一个随我走一趟可好?”

“我们一起去，”阿蟹说道，“我与阿虾是好搭档。”

“我们刚从那边过来，”阿虾说道，“不过活动活动腿脚总有好处，阿蟹你说是不是? 我儿子可能也会从河边回来。我得去跟管事打声招呼，让他找人来换班。”说罢下楼而去。

阿蟹引着马荣走到露台上，二人喝过几盅后，只见阿虾转回，道是已找了另外两人顶替半个时辰。

三人穿过热闹的街市，一路朝西而行，经过一片小贩与苦力聚居的僻静街巷，出去便是一片荒地，四处灌木丛生。马荣不禁疑惑地问道:“你二人何必专挑这么一个冷清的地方住下?”

阿蟹抬手指向对面的一片高大树木，“过了那里，你就会发现看去好得多了。凌姑娘住在那边一棵紫杉树下的小茅屋里，我们住的地方更远些，在河边的柳树林里。这片荒地虽不中看，却可将我们与闹市隔开。”

“我们在家里，就喜欢清清静静的。”阿虾附和道。

阿蟹走在前头，拐上一条林中小径。忽听“嘎吱”一声响，不知哪里的树枝断裂，紧接着便见两条大汉从灌木丛中直窜出来，一个捉住阿蟹的双臂，另一个轮起棍棒，狠狠敲在阿蟹的心口处，意欲再打时，马荣跳上前去，挥拳猛击在持棍者的下颏上，于是那歹人便与口中呻吟的阿蟹一同倒在地上。马荣转身又去对付另一个，不料眼前白光一闪，赶紧朝后退去，总算躲开了刺向自己胸口的一剑。这时又冒出四名歹徒，三人持剑，最末一个手举一柄短矛，口中喝道:“将他们团团围住，一个也不要留下!”

斗众匪阿虾显身手

马荣心想这情势颇为险恶，最好上前从那高个儿歹徒手中夺下短矛来，但是先得将阿虾救出重围不可，不然即使短矛在手，也不一定能抵挡得住那四个持剑之人。马荣飞起一脚，正正踢中刺戳过来的矛柄，但那歹人居然未让兵器脱手。马荣转头对阿虾叫道："快跑出去搬救兵来！"

"你且让开！"阿虾在背后大叫一声。只见这小个子从马荣腿边擦过，直朝手握短矛之人奔去。那人冷笑一声，掉转矛尖刺向阿虾。马荣正想跳上去拽回阿虾，不料持剑的四人已经逼上前来，只将阿虾留给他们头领独个儿去对付。马荣刚刚避开刺向自己头部的一剑，却见阿虾两手一扬，甩出一对鸡蛋大小的铁球来，分别拴在细铁链上。持矛者朝后退去，拼命想用手中的兵器挡开铁球。两个围攻马荣的歹人前去援手，阿虾似是背后长了眼睛一般，转身一晃，一球打在离他最近的歹人后脑上，又一转身，另一只铁球击中了匪首的肩膀。其他几人举剑欲刺，但是阿虾身手极为敏捷，身影飘忽快得惊人，两脚竟似浑不沾地一般，一头灰发在风中飘动，两只铁球在身侧上下翻飞，俨然形成一道无法突破的护身屏障。

马荣退后几步，直看得目瞪口呆。这流星锤乃是一种时常被人悄悄议论的暗器。链子一头拴着铁球，另一头连着一段皮条，皮条缠在阿虾细瘦的前臂上，在掌中来回滑动时，便可控制链子的长短。只见他左手将链子一收，铁球正砸中一个持剑者的胳膊，右手接着一抖，铁球飞出老远，又打在另一个手持长柄大锤的歹人面上。

如今只剩下二匪犹斗，一个想用长剑击中铁球，却是徒劳无功，另一个转身欲逃。马荣正想跳上去追赶，却是多此一举。阿虾甩出右手的铁球，只听一声闷响，正中对方背后脊骨，那人应声栽倒在地，同时左边的链子飞向最后一人手持的长剑，如同愤怒的长蛇一般紧紧缠住剑身。阿虾顺势一拽，将那人拖近几步，右手收短链子，铁球飞出，正中对方太阳穴，一场恶斗就此告终。

阿虾收回两只铁球，手法十分娴熟，又将铁链绕在前臂上，放下衣袖掩好。马荣走上前去，忽听背后有人郁郁说道："你又失手了！"

说话的非是别个，正是阿蟹。持棍的歹人倒下时，一半身子正压在阿蟹身上，阿蟹已甩脱重负，背靠一棵大树坐在地上，口中不满地念道："又失手了！"

阿虾转头回望，厉声说道："我没有！"

"怎么没有！"阿蟹笃定地说道，"我明明看见你用手肘使力，所以最后一下收链时才没有打中。"说罢摩挲着自己鼓鼓的胸脯，示意那一击本应让对方送命，结果只造成轻伤，随后从地上爬起，啐了一口唾沫，又道："失手可不是好事，应该用手腕发力，轻轻弹出去才对。"

"你失手了一次，结果就栽到路边去了！"阿虾怒道。

"就是应该轻弹出去，"阿蟹冷冷回了一句，低头看看躺在地上的持棒歹人，口中咕哝道，"可惜我在他脖子上掐得稍稍手狠了些。"又去看那匪首。如今只剩下这人还一息尚存，正躺在地上大口喘气，两手捂住胸口处，鲜血从指缝间汩汩流出。

"谁派你们来的？"阿蟹问道。

"我们……那姓李的说……"

那人刚说了半句，口中涌出一股鲜血，于是没了下文，全身抽搐几下，就此一动不动。

马荣查看过其他几人，发现皆已断气，禁不住由衷赞道："阿虾，你这一手功夫真是漂亮！从哪里学来的？"

"是我教他的，"阿蟹幽幽说道，"已经练了十年，天天都让他操演。如今离家不远了，且进去喝上一杯，过后再来收拾打扫。"

阿蟹与马荣朝前走去，阿虾落在后面，兀自闷闷不乐。马荣对阿蟹恳切地说道："阿蟹，你能不能也教我学学这一手？"

"这可不行，像你我这样身强力壮之人根本练不来。

我们用球时总想使出力气，这样根本不对，应该只是掌握方向，让它们凌空飞起，然后才能派上用场，正经理论起来，这叫做悬空持平，好比将自己吊在两个飞动的铁球之间，只有身材矮小轻灵之人才能玩得转。不过，这功夫只有在开阔处才能使出来，手肘活动时得有足够的地方。阿虾只管在外面打架，要是在室内打起来，就全归我料理，所以说我们是一对搭档。”阿蟹说罢，抬手指向一座破木板搭成的小茅屋，背靠一棵高大的紫杉，“凌姑娘就住在那里。”

过不多久，三人行至河边，只见一排绿柳，还有一幢茅草铺顶的小房，墙面刷过白灰，房前一道竹篱。阿蟹引着马荣绕过房舍，走到后面的花园中，让马荣在檐下的一张木头条凳上坐下。园子修剪得十分齐整，果然种着许多南瓜。从此处看去，可以望见柳树林前方开阔的水面，周围十分宁静。马荣四下环顾，眼光落到一只高大的竹架上，上面高高低低摆着六只南瓜，不禁好奇地问道:“这是用来做什么的?”

阿蟹转头去看阿虾，只见他正绕过小房，看去仍是闷闷不乐，便开口叫道:“第三个!”

阿虾右手一动，竟是疾如闪电。只听“哗啦”一声响，铁球立时飞出，击中了架上的第三只南瓜。

阿蟹笨拙地站起身来，拣起砸碎了半边的南瓜，放在硕大的掌中，阿虾也快步奔上前来，二人一言不发仔细看觑。阿蟹摇一摇头，抛下南瓜，责怪地说道："果然不出我所料！又失手了！"

阿虾顿时面红耳赤，愤愤嚷道："离中心偏了一寸，你就说是失手？"

"倒也不算太失手，"阿蟹稍稍松口，"不过还是算不得好。你用的是肘部，必须用手腕使力轻轻弹出去。"

阿虾从鼻孔里哼了一声，朝河面望了一眼，口中念道："儿子一时还不会回来。我先去拿点儿喝的来。"说罢走进屋中。

阿蟹与马荣走回门廊上，马荣重又坐下，大声说道："原来你们用南瓜作为练武的靶子！"

"你以为我们种南瓜还能为了什么？每隔一天，我就把六个大小不同的南瓜放在架子上，位置有高有低。"阿蟹说到此处，回头看了一眼，确定阿虾不在跟前，方才对马荣附耳低声说道，"其实他练得很好，简直好得不行，不过我要是照实说的话，他就会松懈下来，尤其是在收链的功夫上。我可不能不管着他，谁让他是我的朋友。"

马荣闻言点头，半晌后问道："他儿子做何营生？"

“据我所知，什么也没有。”阿蟹徐徐答道，“实话告诉你，他儿子已经死了，以前真是个又壮实又魁梧的后生，阿虾很以他为荣，简直得意得不成样子。就在四年前，那后生与他娘一起出去打鱼，结果在河中央撞上了军中战船，母子两个掉进水里，双双淹死了。从那以后，阿虾一听见有人提起他儿子，就会嚎哭一场，谁也没法跟这样的人一起搭伙做事，你说是不是？我实在受不了，就对他说：‘阿虾，你儿子其实没死，只是时常出去跑到河边，所以你近来总看不到他。’阿虾居然听了进去。不过我并没说过他老婆一句，因为阿虾从不跟我提起，所以我也从来不说。那婆娘天生一张利嘴，好不厉害。”说着叹了口气，抓抓头皮，又道，“我还对阿虾说：‘我们不如夜里当差，如此一来，你儿子若是午后回家，你就会看见他了。’阿虾也听了进去。”又耸耸肩头，最后说道，“那后生自然再也不会回来，不过总是给了阿虾一个盼头，我也能时不时和他说上几句有关他儿子的事，不至于让他又抽抽噎噎起来。”

这时阿虾出来，拿了一大坛酒和三只陶制酒杯，放在擦洗干净的桌面上，然后从旁坐下，三人为了打退歹徒干了一回。马荣咂咂嘴，看着阿蟹又替自己斟满，开口问道：“你们可认得那伙歹人？”

“认得两个。河对面有一伙山贼，他们就是那里头的人，半月前曾想劫住冯里长的手下，幸得我和阿虾一路护送，当场干掉了三个，跑了两个，就是今天的二人。”

“有一个临死前说起姓李的，这又是谁?”马荣问道。

“此地有多少姓李的人?”阿蟹冲阿虾问道。

“总有好几百号。”

“听见了没，”阿蟹用一双蛤蟆眼直盯着马荣，“好几百号。”

“听去没甚用处。”马荣说道。

“他们折腾了半日，也是一样没甚用处。”阿蟹冷冷说了一句，又对阿虾道，“每逢傍晚，河面上格外好看，只可惜我们晚上不能常在这里。”

“看去好生宁静祥和!”阿虾心满意足地说道。

“可惜不是常常如此!”马荣说着站起身来，“今日遭遇的事，想必你们二位过后自会查明。如今我得回去向我家老爷复命，就说已经找到了凌姑娘的住处。”

“但愿你能找得到她。”阿蟹说道，“今早天亮前，我们从她屋前经过时，看见里面有亮光。”

“既然她是个瞎子，屋里有亮光，就是说有人来了。”阿虾又道。

马荣谢过二人，一路往回走去。此时暮色渐浓，经过凌姑娘的住处时，马荣略停片刻，里面未见有灯光闪烁，看去冷冷清清，于是上前推开门扇，朝幽暗的房中迅速扫视一下。屋内只摆着一张竹榻，不见一个人影。

十六

马荣回到红楼时，见老爷立在游廊的栏杆旁，正遥遥观望对面园林中的守卫如何将树上的彩灯一一点亮，于是上前复命，讲述一番所见所闻，最后说道:“我总算查实了凌姑娘的住处，不过她并不在屋里，因此我们倒也不必过去，至少不必现在就去。许是前来造访的客人引着她出门去了。”

“她可是个病入膏肓之人！居然有人会来看她，这事令我十分不快，原本以为除了你那虾蟹二友与银仙姑娘之外，再没别人知道她的底细。”狄公说着，忧心地揪一揪髭须，“你能肯定那伙歹人真是冲着虾蟹二人，而不是冲你去的?”

“回老爷，当然是冲他二人去的！那伙歹人怎会知道我要打那里经过？他们埋伏在林中，为的是要报复阿蟹在半月前杀死了他们三个同伙，并且连阿虾都不认得!”

“若是果真如此，他们就该知道虾蟹二人的起居与众不同，白天休息晚上当差，天亮时才回家。如果不是你碰巧让虾蟹带路去凌姑娘的住处，他们岂不是要等上整整一夜了！”

马荣耸耸肩头：“没准儿他们确实有此打算！”

狄公望着对面的仙园饭庄，里面似乎又是宴乐正酣，思忖半晌后，转头叹息说道：“我昨天还说只耽搁一日替骆县令料理公事，此话未免过于草率了！马荣，今晚倒是无事，你不如即刻便出去吃饭，然后四处玩玩，明日用过早饭后再来。”

马荣告退后，狄公反剪两手，在游廊上来回踱步，心中焦虑不安，自觉无法在房中独自用饭，于是进屋换过一身简素的蓝布袍，戴上一顶黑便帽，走出永福客栈的大门。

经过贾玉波住的客店门口时，狄公不觉停住脚步，心想要不要请他一起吃顿晚饭，再顺便询问有关温源图谋陷害冯岱之事。李廉为何会突然放弃这一计划？莫非是因为他改了主意，决定胁迫冯小姐与他成婚？想要攫取冯家财产，这不仅是更为易行之法，且又免得让温源来分一杯羹。

狄公走进客店，却听掌柜道是贾玉波吃过午饭就出门而去，至今未归，又伤心说道：“前几天我还曾借给他一两银子哩！”

狄公离开这忧心忡忡的掌柜，看见头一家饭铺便抬脚走入，要了一顿简单的饭食，吃罢后坐在二楼露台的栏杆边，一边饮茶，一边漫视下面街中的路人。只见街角处有一群少年，正往祭坛上摆放盛有吃食的碗碟。狄公掐指一算，明天就是七月三十日，鬼节将要告终，到了那时，所有纸型与其他供品都会被悉数焚烧，不过今天夜里，阴曹地府的大门仍然敞开。

狄公靠坐在椅背上，焦急地紧咬口唇。虽说以往也曾遇到过复杂难办的疑案，不过至少还有足够的消息用来推测揣想，并寻出几名疑犯来，但是眼前的案子却无法彻底查清。三十年前杀死陶广的凶手，无疑便是昨日导致秋月丧命之人，之后是否又除掉了凌姑娘呢？狄公紧皱眉头，十分忧心，总觉得凌姑娘失踪不见与马荣遭遇伏击有所关联，这念头始终挥之不去。唯一的线索是那身份不明的凶手应是半百左右年纪，或是住在附近，或是与此地有着密切联系。李廉之死也不能说已完全破解，冯玉环杀死李廉的说法未免太过直截了当，并且李廉与秋月的关系仍是一个谜，居然无人知晓他们在何处幽会，真是怪事一桩。这二人之间，一定不仅仅是男欢女爱的交情。李廉预备为秋月赎身应是不虚，不过他先前对冯玉环的神魂颠倒，不正是说明决定赎出秋月并非出于一时脑热，而是另有隐情么？或许秋月敲诈勒索过李廉？狄公想到此处，不觉郁郁摇头，既然李廉与秋月都已不在人世，这个谜团也永远无法解开了。

忽然，狄公脑中一闪，想起一件事来，不觉恼怒地咕哝几句，自己竟会犯下如此大错！邻座的客人眼见这位身材高大的美髯公似是在独自生气，不禁好奇地从旁打量，却见他霍然立起，付过账后疾步下楼而去。

狄公经过贾玉波住的客店，顺着竹篱一径朝左而行，直走到一扇小门前。门扇半开半掩，旁边挂着一块木牌，上书“私宅”二字。

狄公推门入内，顺着大树之间一条蜿蜒整洁的小径朝里走去，树上枝叶茂密，阻隔了外面街市中的喧嚣。狄公走到一个阔大的水池边，见水面格外平静，一座古雅的朱漆木桥弯弯曲曲横跨于水上，踩上桥面后，只听木板嘎吱作响，一群受惊的青蛙纷纷跳入池中，溅起片片水花。

过了小桥，只见一行台阶，通向一座精巧的楼阁。这楼阁高出地面大约五尺左右，用粗大的木柱建成，尖顶上镶有铜瓦，经过岁月侵蚀，颜色已变为青绿。

狄公走上露台，先迅速查看过厚实的前门，然后绕行一圈，发觉这楼阁呈八角形，站在楼后的栏杆旁放眼望去，遥见园林中灯光闪烁，微微照亮了贾玉波所住客店的后园与永福客栈侧面的花木树丛，还隐约可见通向红楼游廊的小径，转身再看楼阁的后门，只见黄铜挂锁上贴着一纸封条，上面盖有里长冯岱的大印。狄公见这后门似是不及前门那般结实，于是上前用肩膀一顶，门扇立时大开。

厅堂内十分幽暗，狄公在靠墙的条几上摸到一支蜡烛，用旁边的火镰打火点亮，然后高举蜡烛，环顾四下。只见前厅富丽堂皇，右边一间小花厅，左边一间厢房，房内只有一张竹榻和竹桌，后面还有一间盥洗室和一个小灶房，显见得是侍女的住处。

狄公出了前厅，走入对面的卧房。卧房十分宽敞，后墙处摆着一副极大的乌木雕花床架，上面悬有色彩艳丽的绣花丝绸幔帐，床前一张紫檀木圆桌，雕花精美并嵌有螺钿，既可用来饮茶，又可供二人并坐用饭，室内弥漫着一股浓重的香露气味。屋角的梳妆台上摆着一面光亮的圆形银镜，还有一排引人注目的各色瓷盒瓷罐，里面盛着胭脂水粉等物。狄公草草看过后，又仔细打量三只抽斗上的铜挂锁，秋月的文书信札定是收在此处。

最上方的铜锁并未扣紧。狄公拉开抽斗，只见里面塞着几条罗帕，还有几枚油腻腻的发簪，发出一股难闻的气味，于是赶紧关上，转而再看下一只，铜锁仍是松松挂着，里面全是贴身洗漱之物，便再度用力关上。第三只抽斗却是锁头紧扣，狄公伸手握住铜锁，使力一拽，脆薄的木头应声开裂，不禁满意地点点头，拉开一看，里面满是书信、名帖、票据、银根，用过的和未用的信封，一沓空白信笺，有些已然揉皱，有些则粘上了污迹，似是油腻的指印或唇印，显见得秋月并非生性十分爱洁之人。狄公取出抽斗，捧到桌前，将所有物事悉数倒在桌面上，拽过一张椅子坐下，从头翻检整理起来。

狄公心想自己的预料即使有误，也须得查证一番。在白鹤楼的宴席中，秋月随口道是李廉曾送她一瓶香露作为临别赠礼，装在一只信封中，她还曾问过李廉是何种香露，但是李廉答曰“还请务必送到地方”。秋月一心只惦记着香露，或许并未十分留意李廉之前所说的话，只记住了这最末一句，还以为是有关香露的戏谑之辞，但是这话听去更像是一句嘱托，而并非是在回答秋月的疑问。或许除了香露，信封内还有其他东西，不定就是李廉想让秋月转交他人的消息或书信。

狄公将所有拆开的书信和名帖等物随手抛到地上，一心只寻那尚未开封的信件，翻检半日，果然找到了一个，沉甸甸的颇有些分量，拿起来凑近蜡烛细看，只见封皮上未写姓名里居，却题了一首绝句，字迹潇洒有力：

区区清露赠佳人，

幽梦似水去无痕。

别前漫思当日意，

玉肌处处香犹存。

狄公将便帽朝后一推，从头上取下发簪，小心地插入封口处，再慢慢挑开，先倒出一只扁平的翡翠雕花小瓶，上有象牙瓶塞，又倒出另一只小号信封，急忙拿起一看，只见封得严严实实，上面用同样的笔迹写有宅址：“恭呈前御史大夫、大学士李纬经大人道鉴”。

狄公裁开封口，见里面有一张信笺，只写了寥寥数行，措辞雅驯而简约：

父亲大人膝前：

跪禀者。大人意志如铁，勇毅卓绝，不肖儿自知不能企及万一，是故绝难直面日后惨淡。人生至此，荣耀已极，正须就此了断，当日种种谋划，亦是中途作罢。区区此衷，已对温某人言明，并嘱其妥为善后。

儿自知无颜见父，故书成此信，并交托歌伎秋月转送家中。此卿姿容甚美，值此将入冥时，得蒙艳光煜耀，足慰胸怀矣。

不肖儿廉敬叩者三，七月廿五中元节

读罢之后，狄公靠坐在椅背上，疑惑地皱起眉头。此信篇幅甚短，想要体察写信人的真意，着实颇费思量。

头一段暗示出致仕还家的李纬经与其子李廉还有古董商温源曾一起图谋不轨，但是临到最后关头，李廉发觉自己不够勇毅，难以将其施行到底，既然无法遵从父亲的指示，便将自尽看作是唯一的出路。然而言词中另有深意，似乎此计不仅仅是栽赃陷害一个区区里长并将其除去这么简单！天知道还有什么绝大阴谋，涉及多少条人命，或许事关天下安危亦未可知！看来必须再次提审那狡诈多端的温源，若是情势严重，还得去见一趟李公，必须……

屋内十分闷热，狄公揩揩额头的湿汗，燃着的蜡烛散发出一股难闻的油烟味。狄公努力整顿全神，提醒自己不该想得太多太远，首先须得理清前后次序。李廉决心已定，将信件交给秋月后，却并未自寻短见，而是在企图施暴时被冯玉环刺死。狄公想到此处，挥拳猛击一下桌案，一个决意寻死之人居然会起意强奸一个女子，岂不是荒唐透顶！此事绝无可能发生！

不过这书信并非伪造，李廉决意半途而废的谋划，正是贾玉波对马荣讲过的栽赃陷害冯岱一事，并且秋月未将李廉托付的书信送出，也与她的秉性相符。无论秋月与李廉之前有过何种交情，一旦李廉死去，她便立即将心思转到下一个猎物身上，正是那生性风流的骆县令，她甚至并未拆封便将书信扔进抽斗里，全然抛诸脑后，直到赴夜宴时，得知骆县令悄悄遁去，才又不无遗憾地想起这位已然弃世的裙下之臣来。有些事实能对得上榫，有些仍是无法解释。狄公将两手笼在宽大的袍袖中，紧锁浓眉，两眼直盯着华丽的大床架出神，不知有过多少花魁娘子，曾在其间与各自情郎颠鸾倒凤、云雨巫山。

狄公重又思量起发生在另一间卧房中的三桩命案以及相关人物，并努力回想冯岱父女曾有何说辞，还有温源那半吐半露的口供与马荣打探来的消息。除了李廉不可能在决意自尽前企图强暴冯玉环之外，其他诸事尚且合乎情理。冯玉环一时情急刺死李廉之后，冯岱将现场布置成自尽模样，李廉面上和臂上的抓痕也是冯玉环一手造成，只是脖颈两侧的肿块依然原因不明。再说秋月，她手臂上的伤痕是被银仙试图躲避掌掴时不慎抓伤，然而喉头处的淤青仍是不知来历。狄公隐约感到，如果能解开这两处疑点的话，红楼之谜也便迎刃而解了。

突然之间，狄公想到了一种可能，起身在地上来回踱步，过了大半日，又止步立于床前。如今总算真相大白！事事都有了合情合理的解释，包括强暴未遂与马荣遇袭！红楼的秘密实在可怖，甚至比秋月暴死后自己做的噩梦还要骇人！狄公想到此处，不禁浑身一竦打个冷战。

离开花魁住处后，狄公直奔永福客栈，经过厅堂的柜台时，将大红名帖交与管事，命他派人火速送至冯宅，并传话说要冯岱父女立即前来。

狄公走回红楼后面的游廊，倚在栏杆旁，仔细查看过廊下的灌木丛，然后返回花厅，紧紧关起双扇门，又加上门闩，再将窗上的遮板一一关严，方才在茶几旁落座。虽说关门闭户后室内变得十分闷热，但仍是不敢心存丝毫侥幸，须知自己此刻面对的凶犯，乃是一个无所顾忌又冷酷绝情之人。

十七

马荣在一家面馆中美美地吃了一顿，又喝了两大壶烈酒，随后直朝歌伎住处走去，口内哼着小曲，心中欢喜不迭。

在标明“二等，四号”的院门前，一个老妇出来应门，愠怒地瞧了马荣一眼，问道：“你这会子跑来作甚？”

“见见银仙姑娘。”

老妇引着马荣朝楼梯走去，忧心说道：“银仙不会是惹了什么乱子吧？今日午后，行里告诉我有人花钱将她赎了出去，我自当是天大的好消息，赶紧去说给她听，却见她唬了一跳似的，看不出一点高兴的样子！”

“等我们出门时你再看好了！不必烦劳上楼，我自会寻到她的屋子。”

马荣顺阶上去，敲敲写着银仙芳名的门扇。

“我病了，谁也不见！”里面传出银仙的声音。

“莫非连我也不见？”马荣在门外叫道。

大门立时开启，银仙将马荣一把拽入，面上泪痕宛在，却欢然笑道："原来是你来了！叫我好不欢喜。出了一件大事！你一定得帮帮我们，马荣！"

"我们？"马荣惊诧不已。只见贾玉波盘腿坐在床上，看去仍是垂头丧气。银仙推过一条板凳来，马荣目瞪口呆地坐下。银仙紧挨着贾玉波坐在床边，愤愤说道："贾先生想要与我结为夫妻，可惜赌得分文不剩，后来又冒出个可恶的冯小姐，一心想要勾引他！这可怜人总是这般不走运！"说着深情款款望了贾玉波一眼，"没承想今晚又是雪上加霜！不知哪个天杀的竟出钱把我给买了去！我们原本盼着能找个法子离开这里，如今看来全无指望了！你既是衙门里的官差，能不能去跟你家老爷说说，让他帮我们一把？"

马荣将帽子朝后一推，缓缓搔着头皮，疑惑地望了贾玉波一眼，问道："怎么全是些谈婚论嫁的话头？你不是要去京城赶考挣功名吗？"

"哪有这等事！那些全是一时没有主张才起的糊涂念头。小生只想在乡下有一间小房舍，与一个合心合意的女子为伴，再写上几篇诗文。你看我能否做个像样的好官？"

"我看不能！"马荣立时答道。

"正是你家老爷让我明白了这一点！想必你也清楚得很。我若是手里有钱，定会把这个天仙般的人儿赎出来，然后再与她同去乡下安身，每天只要能有饭吃，再不时喝上一小壶酒，就心满意足了。我还可以当个教书先生来养家糊口。”

“教书先生！”马荣听得浑身打个哆嗦。

“他定能当个极好的教书先生！”银仙骄傲地说道，“他曾讲解过一首很难懂的诗给我听，好有耐心哩！”

马荣若有所思瞧了二人一眼，徐徐说道：“要是我来替你们安排的话，贾先生，你能答应带着银仙回她的家乡，再正式娶她做老婆吗？”

“当然可以！兄台这又是说的哪里话？就在今日午后，你还劝我先娶了冯小姐，然后……”

“休要再提！”马荣连忙叫道，“那时我只是想试探你这后生一下罢了！实话对你说，我们在衙门里做公的，向来心思很深，知道的事情总比你想的还要多！我自然早就知道你和银仙姑娘的事——说来也曾试探过她。近日我手气大好，在赌馆里赢了一笔。既然银仙与我同乡，她又对你有情，我便决意将她赎出，好成全你们两个。”说着从袖中取出契书交给银仙，又将装着银子的红纸包扔给贾玉波，“这钱你们拿着路上使花，剩下的你还可用来置办些笔墨纸砚，好去做个教书先生。你这傻子不要推辞，反正这钱来得容易！祝你二人交好运！”说罢起身快步出门。

马荣走到楼下大厅中，却见银仙紧追上来，喘息说道：“马荣！你真是个大好人！我能不能管你叫做大哥?”

“当然可以!”马荣欣然说罢，接着眉头一皱，“还有一事，我家老爷可能还有事要问贾先生，我想倒也没什么要紧。不过明日午时之前，你们先不要离开此地。若是到那时我还没有派人来传话，你们便可出门上路了!”

马荣打开院门，银仙又追到近前，说道：“大哥，我很高兴你一直都知道贾先生与我相好的事！就在刚才，我还心里有点犯嘀咕，只因在王寡妇家里，你曾经……曾经试探过我，有那么一二刻，还真以为你对我动了心哩!”

马荣大笑几声，“妹子不必胡思乱想！实情是你大哥我无论做什么事，都喜欢做得天衣无缝，也就是说桩桩件件都要妥帖周到才是!”

“你这捣蛋的促狭鬼!”银仙噘嘴怨道。马荣拍拍她的后背，转身大步离去。

马荣在街上信步前行，心中悲喜莫辨，竟连自己也有几分诧异，晃一晃衣袖，发觉十分轻飘，这才想起身上只剩下几个铜板，在乐园中哪怕想要玩乐一处也是远远不够，正打算去园林中走上一遭，又觉得头脑昏沉，还是早早上床歇息为好，看见头一家下等客店便抬脚走入，那几个铜板正好可用来过上一夜。

马荣脱掉靴子，松开腰带，夹在两个鼾声大作的闲汉之间，在硬板床上仰面朝天直直躺下，将头枕在叠起的两手上，直瞪着布满裂缝、遍结蛛网的天花板出神。

想起在这人间乐园中度过的两晚，马荣只觉好生古怪，先是睡在阁楼的地板上，如今又躺在花费五文钱的板床上，口中不觉喃喃念道："落到这步田地，都得怪那令人七颠八倒的转魂桥！"随即决然阖上两眼，对自己狠狠说道："赶紧睡吧……大哥！"

十八

狄公饮过几杯茶后，却见老堂倌进来禀报说冯里长的轿子已到中庭，于是起身离座，在走廊里迎接来客。

“夜中打扰二位，本县甚是过意不去!”狄公朗声说道，“只因又有了新线索，令我十分意外，与二位议论一番，必会大有助益。”

狄公引着父女二人走入花厅，执意让冯玉环也坐在桌案旁。冯岱面上镇静如常，冯玉环一双大眼中却露出焦灼之色。

狄公亲自为客人倒了两杯茶水，对冯岱问道：“今日午后，冯先生的两名手下遭遇一伙歹人伏击，不知可曾听说过此事?”

“回老爷，已经听说了。这次偷袭由河对岸的一伙贼人策划，为的是报复不久前三个同伙被杀。那次也是遭遇伏击，小人的手下在打斗时，令三名贼人当场毙命。听说老爷的随从也一同遇险，在此深感抱憾。”

“我那随从倒是全不在意。他对于拳脚打斗一向司空见惯，甚至还颇为得趣。”狄公转头对冯玉环说道：“为了案录翔实，本县还想问冯小姐一句，事发当晚，你是如何进入这花厅的?”

冯玉环朝通向游廊的后门迅速瞥了一眼，却见房门紧闭，便立起说道：“小女子来指给老爷看。”

狄公见冯玉环欲朝门口走去，起身拽住她的手臂：“不必麻烦！既然你穿过园林而来，想必是从中间的台阶走上游廊的吧?”

“正是。”冯玉环说罢，见父亲忽然面上变色，不禁咬住樱唇。

“果然不出我所料!”狄公厉声说道，“休要再做戏了！通向游廊的台阶只在左右两端，冯小姐，你以前从未来过这里。今日午后，我正欲询问令尊时，你从我的开场白中听出我已得知李廉对你心怀邪念，并且李廉身亡的当晚，有人看见令尊在这附近出现。你着实聪明过人，于是当场编出一套说辞来，道是李廉企图非礼，然后你在这花厅中手刃淫贼——只因自以为如此一来便会救了令尊。”见冯玉环面色通红、泪盈于睫，口气稍稍和缓，“你的故事自然有一半是真。李廉确实企图用强力迫你就范，不过不是三天前在此楼中，而是十日前在船上。你主动给我看过的那些伤痕都已变色，因此并非新近受创。你与李廉打斗的描述也并非十分可信。一个身强力壮的男子对女子施暴时，若是见她手中持刀，定会先将刀子从她手中夺下，而不是扑上前去连人带刀拥入怀中。你还忘了一点，死者是脖颈右侧的血脉被割断，更像是自杀而非他杀。除了这些破绽，须得说你编造得十分精彩!”

冯玉环呜咽出声。冯岱忧心忡忡望了女儿一眼，疲惫说道:“老爷明鉴，这都是小人的过错。小女只是想帮我而已。见老爷似是相信了她的一番说辞，小人实难鼓足勇气来道出实情。我并未亲手杀死那品行卑劣的李公子，却得为了他被人杀死而不得不受审。那天晚上，我确实来过这红楼……”

“冯先生此言差矣，你不会因为谋杀李廉而受审。本县已有证据，证明李廉确系自寻短见。你挪动尸体，使其看去更像是自尽的模样。据我想来，那天晚上你来到这里，是为了质问李廉与温源共谋希图陷害你的事吧?”

“正是，老爷。小人得到线报，说温源会将一口装有巨款的匣子派人偷偷藏入敝宅，然后由李公子去州府官衙诬告我偷漏税款。我即使矢口否认，赃物也会被人从家中搜出。据我想来……”

“为何你不将此事报知本县?”狄公厉声问道。

冯岱面色尴尬，犹豫再三，方才答道:“回老爷，当地人十分抱团，久已约定俗成，一旦遇有纠纷，便自行仲裁解决，若是烦劳外人来处理内部争执，会觉得……颇有不便之处。如此行事或许不对，然而……”

“如此行事当然不对！”狄公怒道，“接着说来！”

“小人遵命！当手下禀报温源设下奸计时，我决意亲自去见李公子，想与他开诚布公说个明白，其父既是朝廷重臣，又是我的旧相识，为何一个名门之后竟会参与一场旨在陷害我的卑劣密谋，同时还想严谴他在船上企图侮辱小女一事。我走到园林中时，不想却遇上温源。这情形着实古怪，多少令我想起三十年前的某天晚上，我正要去找陶广时，也是在半路中遇到温源。我对他道是已经得知他在暗地里图谋不轨，这便去找李公子问个明白。温源满口道歉，承认自己一时糊涂，确与李公子商议过如何将我赶下里长之位，只因李公子急于用钱，故此当时两下一拍即合，但是过后李公子不知为何又改了主意，对他道是不必再提此事，并催促我快去与李公子面谈，定会得知方才所言皆是实情。

“我一走入红楼，便知隐约袭来的不祥之感果然应验了。只见李公子瘫倒在座椅中，已是一命呜呼。难道温源知道此事后，故意诱我来发现尸体，并趁机告我杀人不成？三十年前，我就怀疑他施过同样的手段，企图告我谋害了陶广性命。于是我便想起当年凶手是如何布置的陶广自杀场面，决定也如法炮制一回。至于后来的事，今日午后已对老爷统统讲过了。后来查明李公子是因为恋慕秋月不得如愿而自寻短见，我才将此事原原本本告诉了小女，正是因此，她才一时情急，替我隐瞒在现场做过手脚的举动。”冯岱清清喉咙，又郁郁说道，“小人心中的歉疚之情实在无以言表，还望老爷明鉴。当老爷将李公子最后信手涂下的纸片曲解为代表玉环时，我不得不从旁附和，人生一世，还从未有过如此令我羞愧难当的时候，实在……”

“本县时常遭人愚弄，早就习以为常，因此并不介意。”狄公淡淡说道，“所幸我每次发现真相时，总还不算太迟。说来李廉最后的信手涂鸦确实指向秋月，但他并非是为了秋月而自寻短见。”说罢朝椅背上一靠，手捋长髯，缓缓又道，“李廉虽然天赋甚佳，却生性冷酷、精明太过，在仕途上得志太早，竟至冲昏了头脑。他已被授予翰林修撰一职，却仍意犹未足，还想爬得更快更高，但是如此一来就需要大笔银钱，又逢李家田地歉收，更兼投资不利，没有足够的钱财供他使用，于是便心生一计，预备与你的老对头温源共谋，以便从乐园中攫取巨款。十天前，他来到此地施行奸计，自是志得意满、盛气凌人，夜中两船相撞，不巧遇见令嫒，遭到拒绝后竟然大为光火，并企图用强。温源前去码头相迎时，李廉仍然为了受挫而余怒未释，便命温源助他将令嫒弄到手，还说过不多久便会查出冯先生偷漏税金，然后锁链加身解去京师。温源一听信心大增，于是献计如何迫使令嫒自投罗网。此人阴险歹毒，看出这亦是给冯先生沉重一击的大好时机。”

狄公呷了一口茶水，接着说道：“不料李廉到了乐园之后，整日忙于和其他歌伎舞姬们鬼混，诸如石竹、牡丹等女子，把令嫒全然忘到了脑后，不过，陷害冯先生一事却不在此列。后来，他在赌场中遇到一个青年后生，认为此人或可用来将赃物藏入贵宅。

“就在二十五日当天，李廉意外地发现了一事，或者自以为有所发现，因此改变了所有主张。他与三个曾经同床共枕的歌伎清了账，又将一班狐朋狗友打发回了京师，皆因已经打定主意。就在当晚举刀自裁之前，他走到花魁住处，见过秋月最后一面。

“既然李廉秋月都已身亡，这二人到底有何关系，想必永远不得而知了。不过就我所知，李廉每每请秋月侍宴，只是为了借重其艳色容光，从未趁机与她同床共枕过。或许正是因此，在李廉临死前的最后时刻，秋月才成为他即将告别的所有尘世之乐的象征。在一片眷恋惆怅中，李廉将写给父亲的家书交托给秋月，但是秋月竟忘了寄出。秋月并未试图笼络李廉，或许因为她亦觉察出李廉与自己如出一辙，同是自私冷酷之辈。李廉自然也从未说过要为秋月赎身的话。”

“从未说过要为秋月赎身？这太荒唐了，老爷！”冯岱出声叫道，“秋月自己明明亲口说过！”

“秋月是亲口说过，不过却是谎话。秋月听说李廉自尽，并留下只言片语，似与自己有关，便心想这是一个在风月场中抬高自己身价的绝好机会，于是厚颜说出她曾经拒绝过这个名门贵公子提出的赎身要求。”

“秋月竟敢违背风月场中不成文的规矩！”冯岱怒道，“她的名字将会从花魁名册中被抹去！”

“秋月性本如此，不可能再好到哪里去，”狄公淡淡说道，“说来还是你们这一行当使得她变成了这样。再说她已不幸猝死，更不应过分苛责。”

狄公朝通向游廊、紧紧关闭的后门瞥了一眼，抬手拂过脸面，目光犀利地注视着冯岱父女：“冯先生在自杀现场做了手脚，冯小姐又对本县当面捏造事实，所幸你二人只是在与我私下密谈时说了谎话，并非在公堂上做出假口供，之后被记录在案且又按印画押。我也并没忘记冯先生在发誓赌咒说所言全是实情时，曾经强调过此誓只针对三十年前发生的情形。且罢，律法之所以主持正义，终是为了尽力补救罪行造成的损失。企图强奸妇女本身就是一桩重罪，因此我会忘掉你与令嫒犯下的过失，并会将李廉之死在案录中记为由于单相思而自寻短见。秋月已不幸身亡，再去败坏她的名声毫无意义，你不可再提起她说谎一事，更不可将她的名字从花魁名册中抹去。

“至于温源，他犯下了阴谋陷害他人之罪，不过尚未开始便已告吹，因此根本从未实施过。此人虽然生性卑劣，却缺少将其阴险图谋付诸施行的勇气，可能永远也不会真正作恶。本县自会采取必要的手段来一劳永逸地制服他，免得以后再希图陷害你，或是虐待荼毒那些无力自保的姑娘。

“虽然在红楼内发生过两桩命案，但是冯先生也好，冯小姐也好，还有温源都与此无关，那些阴暗的罪行我也不必再议。要说的就是这些。”

冯岱站起身来，跪倒在狄公面前，冯玉环也依样而行，正要开口称颂大恩大德时，狄公不耐烦地止住二人，示意他们起来，又道：“冯先生，本县对这乐园中的所有经营都很不赞成，但也明白此乃不可或免之邪行。有你这么一个正人君子做里长，至少能够遏制住这些邪恶。你可以走了。”

冯岱正欲离开，又胆怯说道：“小人冒昧再问老爷一句，老爷方才说的两桩命案，又是怎么回事？”

狄公思忖半晌，答道：“冯先生并无冒昧之处，毕竟你是此间里长，有权知情。不过如今为时过早，我的推测还未经证实，一旦得到明证，定会让你知晓。”

冯岱父女对着狄公恭敬行礼，随后出门而去。

十九

次日清晨，狄公正在外面游廊上用饭，马荣早早便来复命。一阵薄雾笼罩在静谧的园林中，树上悬挂的各色丝绸花环皆被露水打湿，软绵绵地垂落下来。

狄公对马荣简述一番昨晚与冯岱父女的谈话，最后说道："我们这便去找那凌姑娘，你去命管事备好两匹马。若是凌姑娘不在她的住处，你我还得骑马往北，跑一趟远路。"

马荣回来时，狄公正好饭罢投箸，起身转回屋内，吩咐马荣取出上路穿的褐袍。马荣一边助老爷更衣，一边问道："老爷，贾玉波想是没有卷入这些祸事中吧？"

"没有，问这却是为何？"

"我昨晚碰巧听说，他打算带着一个中意的姑娘离开此地，至于他与冯小姐的婚约，多少有些勉为其难。"

"随他们去吧，我也无须再召他问话。你我今日也可启程上路。这两天闲来无事时，想必你已逛过了所有想去的地方？"

“一点不错！不过此地的花销未免太贵了些！”

“这我可以想见。”狄公一边将黑绦系在腰间，一边说道，“你既有两锭纹银，应该也够用了。”

“实话对老爷说，并不够用！过得虽说称心如意，只是把钱都花光了！”

“且罢，但愿物有所值！你总还有舅父留给你的金锭就行。”

“回老爷，也花光了。”

“你说什么？你自己说过那两锭元宝是预备日后用来买房买船的，居然也花了个精光？简直岂有此理！”

马荣凄然点头，“回老爷，实是我发现这里当真有不少俊俏姑娘，姑娘实在太多也太贵！”

“真是羞煞人也！”狄公怒道，“在酒色二字上居然花去了足足两锭金子！”说罢气恼地戴上便帽，叹息一声，无奈地耸耸肩头，“马荣，你总是学不会吃一堑长一智。”

二人默默行至中庭，各自翻身上马。

马荣骑在前头领路，引着狄公穿街越巷，经过荒地，在通向树林的小径入口处勒住坐骑，对老爷道是昨天就在此地遭遇歹人伏击，又问道：“冯里长可否知道是谁在背后主使？”

“他以为他知道，其实并非如此。不过我心中有数，原是冲着我来的。”

马荣开口欲问老爷到底何意，狄公却已催马继续前行，过不多久，便遥遥望见那棵巨大的紫杉，盘根错节的树干前立着一座小茅屋。马荣抬手一指，狄公点点头，甩镫下马，将缰绳交给马荣，吩咐道：“你且留在此处等我。”

狄公独自走过湿漉漉的草地，晨光尚未穿透厚密的枝叶照到茅屋顶上，树荫下颇为阴湿，且有一股枝叶腐烂的怪味，唯一一扇窗户上糊着脏污的油纸，里面透出一点微光。

狄公走近摇摇欲坠的门扇，侧耳一听，屋内传出动听的歌声，唱的却是一支昔年旧曲，记得自己尚在孩童时曾风行一时。狄公推门进去，在门旁站定，生锈的铰链吱吱作响，门扇砰然关阖。

室内陈设简陋，只有一盏粗糙廉价的陶制油灯，灯光闪烁不定。凌姑娘盘腿坐在竹榻上，怀里抱着麻风乞丐那吓人的头颅。乞丐仰面朝天躺在榻上，破烂的衣服下面半露出瘦骨嶙峋的身体，一只独眼在油灯下闪着黯淡的光芒。

凌姑娘闻声抬头，将脸面转向狄公这边，说话时语声圆润饱满：“谁在那里？”

“是我，蒲阳县令。”

乞丐闻听此言，青紫的嘴唇歪斜一下，发出一声冷笑。狄公盯着他那只独眼，开口说道：“阁下便是李纬经，李公子的父亲。她便是歌伎翡翠，三十年前谎报染病身亡。”

“我们是一对情人！”盲妇人傲然说道。

“李公听说花魁秋月害得令郎丢了性命，于是便潜来此地，希图报复，不料却是大错特错。”狄公对乞丐接着说道，“令郎实是因为发现颈部起了肿块，以为自己也身患恶疾，故而自寻短见。到底是否如此，我无法验尸，因此不得而知。李公子缺乏阁下的勇气，无法面对身患麻风症后的悲惨下场，然而秋月对此并不知情，只是出于想要借机振起名声的愚蠢念头，便公然宣称李公子正是为了她而自尽身亡。你藏在红楼前的灌木丛中，偷听过我和她的谈话，她当时曾亲口说出。”

狄公略停片刻，室内一片寂静，只闻得乞丐沉重的呼吸声。

“令郎对秋月十分信任，给你写了一封书信道明原委，又将此信交托给秋月，却被秋月忘在脑后，甚至根本从未拆封。在你谋害了秋月之后，我才终于找到这封家书。”狄公说罢，从袖中抽出书信展开，从头至尾大声读了一遍。

“我为你怀过一个儿子，好人儿，”盲妇人轻声说道，“不过病愈之后便小产了。我们的儿子一定也是相貌堂堂、气概不凡，就跟你一模一样！”

狄公将书信扔在榻上，“你来到乐园之后，时刻盯着秋月的举动。就在那天晚上，你看见秋月去了红楼，便一路跟着她，在游廊上透过窗栅，看见她赤身裸体躺在床上，于是便叫她的名字。你背靠墙壁站在窗边，等秋月走到窗前，多半是将脸贴在铁栅上朝外张望，想要看看到底是谁在叫人时，你突然现身出来，将手伸进栅栏扼住她的喉咙，想要掐死她，但是两手变形，气力不足，秋月挣脱之后，奔向房门口意欲呼救，不想心病猝发，随即倒在地上。李公，正是你害了她的性命。”

乞丐动了动红肿的眼皮。盲妇人弯腰靠近那张早已变形的脸面，低声说道：“别理他，好人儿！只管休息一下，我的心肝儿，你的身子可不怎么好。”

狄公移开视线，盯着潮湿的夯土地面，接着说道：“令郎在书信中提到李公勇毅卓绝，确是丝毫不爽。你虽已病入膏肓、日渐衰弱，却仍为了令郎的前程而积极筹划，想要使他尽快成为大人物。乐园仙岛富可敌国，正好又在李家地界附近。你先是派出手下土匪，企图劫夺冯里长送出的金银，却因为防卫严密而未能得逞，于是又想出一个更好的法子来。你对令郎道是古董商温源对冯岱怀恨在心，想要取而代之成为里长，命他去和温源接洽，并与之密谋如何使得冯岱身败名裂，从而除去这块绊脚石，过后令郎再设法使温源登上里长之位，你便可以通过温源来染指乐园的财富。然而令郎一死，这一切也统统化为泡影。

“你我以前虽未谋面，不过想必你已对我有所耳闻，正如我也听说过李公的威名。你担心我会查出真相累及到你，便在害死秋月之后又回到红楼，站在游廊上，透过栅栏观望了我好一阵，身上发出的恶臭竟使我噩梦连连。由于我躺在离窗户较远的地方，且又闩上房门，令你暂且无计可施。”

狄公抬眼一看，乞丐的脸孔好似一张可怖的面具，狭小的室内愈发浊臭逼人，于是拉起项巾掩住口鼻，然后说道：“之后你想要离开此地，奈何船夫不肯载你过河。我猜你在河边的林子里想要找一个藏身之所，结果竟意外遇到了三十年前的旧情人翡翠，想必是从她的声音辨认出来的。她告诉你我正在调查陶广之死。李公，究竟是什么令你苟活至今，兀自不肯舍弃这已悲惨至极的人生？决意不惜一切代价挽救自己的名声？或是为了三十年前曾经爱过并以为早已不在人世的女人？或是总要成为胜者的罪恶意愿？我实难想象这无法治愈的恶疾，会如何毒害侵蚀一个原本卓越不凡的头脑。”

狄公见对方并无回应，接着又道：“昨日午后，你又去窥视我，这已是第三次。我本应想到这一层，本该辨识出那独一无二的恶臭。你听见我对手下随从说要来这里，于是便命雇用的匪徒藏在半路，企图取我性命，却不知我走入房内后又改了主意。结果你派去的歹人遭遇上我的随从与冯岱的两名手下，六人全部丧命，不过，其中一个却在临死前吐出了你的姓氏。

“我看过令郎的书信后，突然间恍然大悟。我知道李公当年是何模样，冯岱曾说过三十年前你年少入仕、风神潇洒，翡翠后来再次描述过你生性狂野、行事果断、不计后果，毫不经意便会抛弃地位财富等等一切——只为了自己所爱的女人。”

“那就是你，亲人儿！”盲妇人柔声说道，“那就是你，我的英俊而勇敢的情郎！”说罢在乞丐脸上连连亲吻。

狄公转头顾视一旁，疲惫地说道：“李公，身患恶疾之人将不受律法惩处。我只想正告你，是你在红楼中害死了秋月，正如你三十年前在同一地方杀死了陶广。”

“三十年了！”那美妙的声音忽又响起，“经过这么多年，我们终于又在一起了！那些年月从来不曾存在过，只是一场噩梦而已。就在昨天，我们还在红楼中相会……血红得如同我们的激情，熊熊燃烧不顾一切的疯狂爱恋。没人知道我们在那里私会，你是才华横溢、风流倜傥的青年才俊，爱上了我这个乐园花魁，这个美貌绝伦、才艺无双的歌伎！冯岱，陶广，还有其他许多人都向我献殷勤，我一概虚与委蛇，假装拿不定主意，其实只为掩盖我们的秘密，我们无比甜蜜的私情。

“想不到最后一晚已然到来……那是什么时候？莫非就在昨晚？你有力的臂膀几乎将我压垮，我正浑身发抖时，忽然听见有人进入花厅。你从床上一跃而起，没顾上穿衣便跑了出去，我紧跟在后面，看见你站在地上，夕阳射出万道红光，将你的全身染成火红。陶广看见我们紧紧挨在一起，一丝不挂却略无惭色，不禁气得面色惨白，抽出匕首来，骂我是贱货娼妇。我大叫一声：‘杀了他！’你便扑上前去，从他手中夺下匕首，刺入他的喉头，鲜血溅到你的身上，溅到你宽阔而火红的胸前。我从来没有，从来没有像那一刻那般深爱过你……”

一阵狂喜涌上盲妇人完全损毁的面容，竟显出奇异的美感。狄公低下头去，只听悦耳动听的声音再度响起：“我说：‘赶快穿上衣服，离开此处！’于是我们返回卧房，这时又听到有人进入花厅。你跑去一看，却是个傻小子，立时便又奔出门去。不过你说这小童可能会认出你来，最好将尸体挪进卧房，再将匕首放在死人手里，我们出去时锁上房门，将钥匙从门下扔进屋内……如此一来，人人都会以为陶广是自寻短见。

“我们在游廊上匆匆分手时，有人正在园林中点亮小凉亭内的灯笼。你说你要离开十天半月，等到自杀定案后，便会……回来找我。”

盲妇人说到此处咳嗽起来，越咳越凶，竟至全身颤抖，口中吐出血沫，不经意地抬手擦去后，又开始絮絮陈说，声音却忽然变得嘶哑低弱：“他们盘问我陶广是否钟情于我，我说是的，他钟情于我确是实情。他们又问陶广是否因为我不肯接受他而死，我说是的，他因我而死也是实情。但是紧接着，疫病就蔓延开来……我染上了天花，我的脸，我的手……还有这双眼睛。我本该死去才是，我也想死，死了总比让你看见我变成这副模样要好得多……后来又起了大火，其他生病的姐妹拽着我一起逃出去，跑过石桥，一直跑进树林里。

“我没有死，我这个一心想死的人却活了下来！我拿了凌姑娘的身份文书，她的名字叫做碧玉，在田地的沟渠里断了气，就死在我的身边。我又回到这里，然而你以为我已经死了，我也希望你这么想。当我后来听说你名满天下时，心中何其欢喜！这是唯一能让我支撑到头的一点慰藉。如今，你终于又回到我的身边，回到了我的怀里!”

语声戛然而止。狄公抬头一看，盲妇人伸出一双蜘蛛般细瘦的手爪，正急急摩挲着枕在腿上一动不动的头颅。乞丐的独眼已经阖上，胸前的破烂衣片也不再微微颤动。

盲妇人将那颗丑陋的头颅紧抱在枯瘦的胸前，出声叫道:“多谢老天，你回来了！你回来就是为了死在我的怀里……我跟你在一起。”两手搂住死尸，口中低声呢喃着甜言蜜语。

狄公转身离去，嘎吱作响的门扇在他身后砰然关闭。

二十

狄公与马荣会合时，马荣急急问道："老爷怎的去了这半日，那老妇人都说了些甚？"

狄公揩揩前额的湿汗，然后登鞍上马，低声答道："屋里没人。"深深吸了一口清新的晨气，接着又道："我在茅舍内外搜了一遍，却是一无所获，以前本有一番猜测，如今看来应是想错了。你我这就骑马回客栈去吧！"

二人穿过荒地时，马荣忽然抬起头来，扬鞭指向前方，大声叫道："老爷快看那边的浓烟！百姓们正在点火焚烧祭坛，鬼节就要过完了！"

狄公朝前一望，平地里果然冒出大股黑烟，在空中翻滚升腾，不由说道："不错，阴曹地府的大门已经关闭。"旧日的鬼魂也终于消散。三十年前的那一晚，红楼里悄然生出一团暗影，从此盘桓不去，致使生者也活得阴郁黯淡。三十年后，这暗影终于丝丝缕缕尽皆飘入那座阴湿浊臭的茅屋内，此刻正盘踞其间，与一个亡故的老者和一个垂死的老妇同在，不久便会消散，散去后永不复返。

二人一路驰至永福客栈，狄公吩咐管事预备结账，将马匹交给马夫照管，随后与马荣走回红楼。

马荣自去收拾行囊鞍袋，狄公坐在桌案旁，将昨晚亲自撰写的关于李廉自尽的案报从头至尾查看一遍，又在关于秋月的案报中提笔加上结语，判定死因是由饮酒过量而引起的心病猝发。

狄公另给冯岱写了一封短信，道是查明陶广与秋月之死实乃一人所为，但是凶手业已死去，因此最好不再提起，并在信末述道："听闻李纬经身患麻风之症，病势垂危，头脑昏乱，日前独自行至乐园四近游走，后病殁于老歌伎凌某所居之茅舍内。凌女亦是病入膏肓，一旦故去，命汝将茅舍连同二尸一并焚烧，以免疫病传播，并将此噩耗报知李公府上。凌女孤身一人，别无亲眷。"接着署上名姓，重读后附注一句："又闻贾玉波已携一女子双双远走他乡。人世情缘，各有分定，令嫒既秉弄玉之才，自有萧史深情报之。此君温雅蕴藉，远非浮薄浪子可比，愿能慰其芳心，并祝日后共谐连理，琴瑟和鸣。"

狄公又取出一张纸来，给陶盼德也手书一信，道是已查出谋害陶广的真凶，不过其人患病多年，备极惨苦，现已故去："汝之父仇，已得天报，陶冯两家重续旧谊，亲上加亲，如今再无窒碍。"

两信写罢后，狄公将其分别封起，题上“私信”二字，又卷起案报，一并纳入袖中，起身对马荣说道：“我们这就取道金华回蒲阳去，到了金华城，便将这案报交与骆县令。”

二人出门朝大厅走去，马荣一路提着鞍袋等物。

狄公结过账目，将写给冯岱与陶盼德的书信交与管事，命他即刻送出。

二人在中庭内正要登鞍上马，忽听街上一阵锣响，还有人大声叫道：“让开，让开！”

只见十二名汗流浃背的轿夫抬进一乘大官轿，后面跟着一队衙役，手中高举大红执事牌，上书“金华县衙”字样。班头恭敬地掀开轿帘，骆县令施施然迈步走出，身着辉煌耀眼的墨绿官服，头戴乌纱帽，手持一把小巧折扇，正摇晃得起劲。

骆县令一见狄公，立时迈着碎步急急奔到近前，欣然叫道：“仁兄一向可好？乐园花魁居然莫名猝死，真是好不吓人，一州之内到处都在议论哩！小弟我一听说这消息，立即不顾暑热又赶了回来，当然今番不会再有额外的公事烦劳仁兄了！”

“贤弟听闻秋月小姐的死讯，一定十分震惊。”狄公淡淡说道。

骆县令狡黠地溜了狄公一眼，轻描淡写地说道："我对美貌女子向来深感兴味，仁兄想必也是心知肚明！'凡尘浊路上，鲜丽傲群芳。得沐此光艳，怡然入梦乡'——这是小弟的新作，仍须琢磨推敲一二，想在末句中找出比'入'更好的字眼来，不过总还不算太过拙劣吧？且罢，那可怜的秋月姑娘因何遭此不幸？"

狄公将一卷文书递给骆县令，"贤弟请看，所有公文都在这里。我原本打算途经金华县城时转交与你，既然此刻重又晤面，自当立时奉上，然后便可一路径回蒲阳了。"

"那是当然！"骆县令合起扇子，随手插在脑后的衣领间，迅速翻开文书，一边浏览前一份案报，一边不住点头，口中说道："可见仁兄也证实了小弟关于李廉自尽的推断，我就说过只是例行公事而已。"

骆县令又看过秋月之死的案报，确认自己的大名未被提及后，赞许地点点头，重又卷起文书，满意地笑道："仁兄果然手段不凡！写得也甚为周详，小弟自会一字不改便呈给刺史——内容定当一字不改，只是在我看来，文风未免沉郁了些，不如略加改动，看去更为轻快易读。如今的京师大员们对于所谓今文体皆是喜闻乐见，仁兄也不妨稍稍诙谐一二——不消说只是些微即可。其中自然也会提到你的鼎力相助。"说罢将文书纳入袖中，又问道：

“不知是谁害得花魁丧命？想必仁兄已将那人抓获，正羁押在里长公署内？”

“待贤弟读完了后面的案报，”狄公和缓说道，“自会明白花魁秋月乃是死于心病猝发。”

“不过众人都道是仁兄拒不接受仵作当日的说法！他们管这叫红楼之谜。老天，你不至于是要我继续勘查此案吧？”

“确有类似谜团一般的莫测之处。不过关于意外身亡，我列出的证据十分确凿，上司看罢定会同意如此结案，贤弟大可放心。”

骆县令长吁了一口气，总算放下心来。

“还有一事须得料理，”狄公又道，“你自会看见里面还有一份古董商温源的自供状，他不但在公堂上做伪证，还毒打过一名歌伎，本该身受鞭刑，不过此刑定会要了他的老命。贤弟不妨让他示众一日，发出告示曰暂不发落，一旦再有过失，定会严惩不贷。”

“小弟乐意照办！那老贼店内颇有些上好的古董，只是价钱贵得离谱，这下想必可以杀一杀价了。仁兄一番襄助，小弟实在感激不尽，奈何你即刻便要动身，实在可惜得很。我不定会在此地稍事停留……细究一下这几桩案子的结果。昨日又新来了一名歌伎，仁兄可曾一睹芳容？还不曾见过？听说人物足色，才艺精湛，歌喉婉转，浑身上下也是……”骆县令说到此处，翘起兰花指轻捻髭须，面带微笑沉吟不语，忽又审慎地瞥了狄公一眼，扬起双眉，傲然说道：“仁兄居然没能揭开红楼之谜，令小弟不免有些失望。你可是一州之内最负盛名的勘案行家，一向以为真能在杯酒谈笑之间便寻出真凶哩！”

“名实未必总是相符！”狄公说着苦笑一下，“愚兄这便上路了，还望贤弟以后能去蒲阳一聚，你我后会有期！”

后 记

狄公在历史上确有其人，本是唐代人物，生于公元630年，卒于700年。他不但有着断案如神的美名，还是一位杰出的政治家，在其仕途生涯的后半期，对唐朝的内政外交均起过重要作用。虽然本书中的不少细节在中国古籍中有迹可循，但是所述的经历全是虚构而成。

1957年，海涅曼出版社出版了林语堂的《武则天传》，第37章至41章中有关于狄公后半生的精彩描述，其人名为狄仁杰。

笔者所绘的插图，全是采用中国十六世纪雕版印刷品的插图风格，因此表现的皆是明朝而并非唐朝的服饰与习俗。敬请读者注意，在狄公的年代里，中国人不留辫子，这是1644年满族人入主中原之后才强加给中国人的习俗。男子将头发盘成顶髻，无论居家或是外出都要头戴冠帽。他们不吸烟，烟草与鸦片是在几个世纪之后才被引进中国的。

高罗佩

1961年3月1日

译后记

本书是“新系列”的第三部小说。1959 年，高罗佩先生担任荷兰驻中东公使时，在黎巴嫩贝鲁特写成此书。写作《朝云观》给了他极大的乐趣，以至于在六周之内便开始创作此书，并在一个月之内完成。这部小说围绕阿虾和阿蟹二人展开，他们以某种方式从作者的想象中诞生，并一直被高罗佩先生视为自己创作的最佳人物之一。[1] 1960 年 11 月 3 日到 1961 年 1 月 10 日，高罗佩先生在荷兰接受前列腺手术期间，对本书最后定稿。[2]

1960 年前后，高罗佩先生曾将“新系列”三部小说《漆屏案》《朝云观》《红楼案》寄给英国伦敦的迈克尔·约瑟夫出版社（Michael Joseph Ltd.），但他们表示每年只肯出版一部狄公小说，并且认为新小说篇幅太短。于是高罗佩先生决定换一家出版社，同时也很想看到公众对于“新系列”有何评议。他当时正担任荷兰驻马来西亚大使，结识了一位华裔青年，此人在吉隆坡主持一家印刷厂，专门印制电影票、剧场简介和小册子。二人达成协议，由高罗佩先生出资，在1961年印刷了三千册《红楼案》。高罗佩先生亲自设计封面，选择字体、纸张、开本大小等，并监督目睹了整个印书过程。出版商采取自行销售的方式，所有新书在六个月内全部售出，使得高罗佩先生不但很快收回了成本，还获得了一笔可观的利润。后来，他们又以同样的方式出版发行了《朝云观》与《漆屏案》。这三部小说在华人世界和西方出版界均获得好评，高罗佩先生由此确信“新系列”比“第一系列”更为出色，自认已找到了正确的写作模式。

1961年7月，此书的英文本由马来西亚吉隆坡艺术印刷社（Art Printing Works）出版，名为 *The Red Pavilion*；荷文本也在同年由荷兰范胡维出版社（W. van Hoeve Ltd.）出版，名为 *Het Rode Paviljoen*。

关于本书的书名 *The Red Pavilion*，不但可译作红楼，还可译作朱阁、红阁、红亭或朱楼。日译本书名有《红楼之恶梦》，想必来自第七回中令人过目难忘的梦境描述，以此思路，甚至可以演绎为红楼噩梦、红楼梦魇。“楼”在古时可指酒楼或妓院，红楼与青楼相对，和本书中的风

---

❶ ［荷兰］C. D. 巴克曼，［荷兰］H. 德弗里斯著，施辉业译：《大汉学家高罗佩传》，海南出版社，2011年，第223页。

❷ 《大汉学家高罗佩传》，第234页。

月场花柳地甚是相合，因此采用此名。

书中第一回的插图“游廊上狄公遇花魁”，在 1961 年马来西亚初版中有所不同：

马来西亚初版插图

英国初版插图

对比二图，可见原版中的女子更多矜持与审视，而修改后的人物则是姿态傲然，显得大胆而挑逗，与书中的相关描述更为相符。1965 年 Charles Scribner's Sons 出版社的美国初版，书前注明版本来自 1964 年伦敦海涅曼出版社（William Heinemann Ltd.）的英国初版，以此推测，修改后的插图应是首次出现在英国初版中。然而在荷文本中，此幅插图则始终沿用原版。

书中关于歌伎生活和妓院的描述，有兴趣的读者可参见高罗佩先生《中国古代房内考》一书中关于唐代艺妓和妓院制度、宋代三种不同等级的妓院制度的章节。

荷兰作家扬威廉·范德魏特灵在传记《高罗佩：他的生活，他的著作》中，曾有一段对于此书的评述，现试译如下[1]：

> 《红楼案》是整个系列小说中最具浪漫与美感的一部，在戏谑的介绍之后，高罗佩先生为我们展示了严酷的现实。在描述疾病和衰弱时，他没有略去令人毛骨悚然的细节，一股狞邪的气味从书中油然飘出，当我们正在犹豫是否想要摆脱的时候，他带着我们继续前行，成功地证明人间的情爱可以将我们从陈腐的旧日中释放出来。当然，条件是“爱情将要承受一切风险——财富，名声，未来，无论什么。它将完全漠不关心地拒斥一切，唯独除了所爱之人。”
>
> 在此书中，破败的茅棚庇护着一对恋人，因此变得比宫殿还要美丽，一个麻风病人与一个没牙的

[1] Janwillem van de Wetering：*Robert van Gulik：His Life*，*His Work*，Soho Press，New York，1998，p. 92 – 93.

> 老年盲妇拥抱在一起（这二人曾经是著名的朝臣与美丽的歌伎，彼此相爱，却又受命运摆布而分离），我们从旁注视着这一幕微妙的景象，心中几乎没有欢愉之情。

诚如上文所言，此书不但“最具浪漫与美感”，而且是第一部情节全部出于作者自创、并未借鉴任何中国古代典籍的小说，显示出高罗佩先生高超的原创与构思才能，在描摹情天恨海、男女纠葛的同时，又有扑朔迷离的新旧罪案穿插其中，读来格外动人心魄。尤其值得一提的是阿虾阿蟹这一对形容迥异、形影不离的朋友，高罗佩先生称之为自己创作的最佳人物之一，此言着实不虚。关于阿虾的不幸遭遇，书中虽然着墨不多，却给人留下了深刻的印象。对于这类身份卑微、经历惨苦却始终保持自尊自重的小人物，高公向来给予了深切的同情和敬意，体现出悲悯的人道主义情怀与真正的平等观念，相信有心的读者自会有所感悟。

张凌

2019 年 6 月

图书在版编目(CIP)数据

红楼案/(荷)高罗佩(Robert van Gulik)著；
张凌译. —上海：上海译文出版社，2020.5（2024.7重印）
（大唐狄公案）
书名原文：The Red Pavilion
ISBN 978-7-5327-8329-8

Ⅰ.①红… Ⅱ.①高… ②张… Ⅲ.①侦探小说-荷兰-现代 Ⅳ.①I563.45

中国版本图书馆CIP数据核字(2020)第056143号

Robert van Gulik
The Red Pavilion
根据 Charles Scribner's Sons 1965 年初版译出

红楼案
[荷兰]高罗佩 著 张凌 译
责任编辑/顾真 装帧设计/张志全工作室

上海译文出版社有限公司出版、发行
网址：www.yiwen.com.cn
201101 上海市闵行区号景路159弄B座
苏州市越洋印刷有限公司印刷

开本 889×1194 1/32 印张 7.5 插页 4 字数 87,000
2020年6月第1版 2024年7月第7次印刷
印数：24,351—25,700 册

ISBN 978-7-5327-8329-8/I·5108
定价：42.00元